SEPULCROS DE CAUBÓIS

ROBERTO BOLAÑO

Sepulcros de caubóis

Tradução
Josely Vianna Baptista

Companhia Das Letras

Grafia atualizada segundo o Acordo Ortográfico da Língua Portuguesa de 1990, que entrou em vigor no Brasil em 2009.

Título original
Sepulcros de vaqueros

Capa
Raul Loureiro

Imagem de capa
Sem título, de Rodrigo Andrade, 1997, óleo sobre tela, 160 × 180 cm.
Reprodução de Ricardo Perini/ Galeria Simões de Assis

Preparação
Silvia Massimini Felix

Revisão
Carmen T. S. Costa
Gabriele Fernandes

Dados Internacionais de Catalogação na Publicação (CIP)
(Câmara Brasileira do Livro, SP, Brasil)

Bolaño, Roberto, 1953-2003.
Sepulcros de caubóis / Roberto Bolaño ; tradução Josely Vianna Baptista. — 1ª ed. — São Paulo : Companhia das Letras, 2025.

Título original : Sepulcros de vaqueros
ISBN 978-85-359-4207-1

1. Ficção chilena I. Título.

25-285131 CDD-C863

Índice para catálogo sistemático:
1. Ficção : Literatura chilena C863

Cibele Maria Dias – Bibliotecária – CRB-8/9427

EDITORA SCHWARCZ S.A.
Rua Bandeira Paulista, 702, cj. 32
04532-002 — São Paulo — SP
Telefone: (11) 3707-3500
www.companhiadasletras.com.br
www.blogdacompanhia.com.br
facebook.com/companhiadasletras
instagram.com/companhiadasletras
x.com/cialetras

Sumário

Prólogo

Movimento perpétuo

Juan Antonio Masoliver Ródenas

Falar dos romances e dos contos de Roberto Bolaño como sendo fragmentários — como eu mesmo já fiz, *mea culpa* — é uma visão parcial, já que cada fragmento depende de uma unidade em constante movimento, num verdadeiro processo de criação que é, ao mesmo tempo, a consolidação de um universo. E justamente porque estão em movimento contínuo — como estão seus personagens — e porque sempre nos remetem ao conjunto de sua obra, não se pode falar de fragmentos, mas de peças de um quebra-cabeça. Assim como acontece no ateliê de muitos pintores, Bolaño trabalha ao mesmo tempo em várias peças e, se abandona uma para começar outra, nunca se esquece do que já foi escrito. Cada novo livro nos parece, então, muito familiar, com personagens ou situações que já conhecíamos e que, portanto, nunca foram abandonados ou esquecidos. Bolaño, em sua escrita itinerante, está mais interessado no percurso do que em seu final. Ainda somos herdeiros do romance do século XIX — ou tradicional —, que exigia um desenvolvimento linear com um final definitivo, como se tudo na vida tivesse um desenlace ou anticlímax. Em Bolaño, o futuro é utópico. O que lhe interessa é a íntima relação entre o presente e um passado visto não como nostalgia elegíaca, mas como parte de um tempo único, que se transforma no tempo do instante.

Isso nos leva a outro aspecto característico de sua escrita: estamos diante de uma narrativa com uma acentuada presença biográfica, e por meio das datas, tão meticulosamente registradas, podemos reconstruir sua própria história: seu nascimento no Chile em 1953; sua residência no México de 1968 a 1977, ano em que se mudará para Barcelona; a viagem ao Chile em 1973, para apoiar o governo de Salvador Allende; a doença hepática diagnosticada em 1992, que marcará o ritmo de sua escrita até a morte, em 2003. E a partir daí, a sucessão de livros inéditos, dentre eles a que talvez seja sua obra mais poderosa — embora não tão acessível quanto a também magistral *Os detetives selvagens* —: *2666*. E dentro da biografia de Bolaño estão suas leituras, que, como no caso de Vila-Matas, são parte integral da essência narrativa. E, também como em Vila-Matas, nessa biografia a pessoa não importa, e sim o personagem, em seu caso o onipresente Arturo Belano.

Todos esses traços aparecem em *Sepulcros de caubóis*, um livro desconcertante no desconcertante universo de Bolaño. Como sempre, não faz sentido tentar distinguir se estamos diante de três partes independentes ou diante da unidade própria de um romance. Dividido em três seções, a primeira, "Pátria", composta de vinte textos, é a que oferece maior diversidade; no entanto, a relação entre eles é constante, assim como as referências a outros contos ou romances: a joiazinha da Luftwaffe, o Messerschmitt, um avião do Terceiro Reich, com seu piloto Hans Marseille, ou o tenente Ramírez Hoffman, que aparecem em *Estrela distante*. Na segunda seção, a que dá título ao livro, até se inclui um texto, "O Verme", que depois aparecerá em *Chamadas tele-*

fônicas, com algumas mudanças profundas que confirmam que o escritor nunca abandona seus textos; de novo, como em *Estrela distante* ou, implicitamente, em "Entre parênteses", são frequentes as referências a Gabriela Mistral, Nicanor Parra, Pablo de Rokha ou Pablo Neruda, o misterioso protagonista de *Noturno do Chile*. Na terceira seção, a mais imediata em termos estruturais, "Comédia de horror da França", Bolaño mostra uma habilidade especial para nos levar, como que deslizando, a uma sucessão de novas situações, com maior tensão narrativa e uma unidade muito mais marcada.

As datas em que as três seções foram escritas são muito significativas: as duas primeiras o foram na década de 1990, e a terceira, entre 2002 e 2003. Datas que coincidem com a redação de outros livros, o que sublinha a simultaneidade à qual me referi. O espaço geográfico dominante é Concepción, mas é especialmente interessante a dicotomia ou a conjunção entre o Chile e o México, "meu novo país". No Chile, além de Concepción, nos movemos por Santiago ou por lugares familiares para os leitores de Neruda, como Bío-Bío ou a província de Temuco. Do México, merece especial atenção a província de Sonora, com Santa Teresa, dramaticamente imortalizada em *2666*. Uma data também significativa, na biografia de Bolaño, é a do golpe militar para derrubar Allende, que paira sobre todo o livro, daí a violência tão presente na maioria dos textos.

Biografia também literária, não só por suas leituras, mas porque são muitos os textos em que os protagonistas são poetas, desde o primeiro de "Pátria", em que o narrador é o poeta de uma família na qual o pai foi boxeador, "o mais selvagem", e só lia notícias esportivas. Mas a apoteose se dá na última seção do livro, em que o jovem Diodoro Pilon, poeta sem obra publicada, recebe um misterioso telefonema. Inicia-se assim uma delirante conversa em um relato cheio de surpresas. Há uma homenagem clara ao surrealismo, em especial na divertidíssima cena em que Breton leva seus jovens seguidores aos esgotos de Paris — uma Paris do avesso — e lá fundam o Grupo Surrealista Clandestino, que nos remete inevitavelmente aos infrarrealistas liderados por Bolaño, e à também póstuma *A Universidade Desconhecida* e, é claro, a *Os detetives selvagens*. E não deixa de ser surpreendente que, em determinado momento, ele fale do "superestimado pincel de Roberto Antonio Matta", que tanto inspirou o grupo, pelo menos no princípio. Uma afirmação que faz parte da ambiguidade tão frequente em Bolaño, e que atinge seu ponto mais alto no Neruda de *Noturno do Chile*.

Essa ambiguidade também está relacionada à frequência das imprecisões. Para começar, nos personagens — Rigoberto Belano, que depois é Arturo Belano; Iván Cherniakovski, que aqui aparece como poeta; ou a dra. Amalfitano, suposta autora de *Las castas secretas*, um sobrenome que aparece em um contexto bem diferente em *2666* e que aparece também em *As agruras do verdadeiro tira*. Os vazios criam uma sensação estranha, como as imprecisões dos cronistas do *Dom Quixote*, Cide Hamete Benengeli incluído. Como se Bolaño não fosse dono do relato. Já de saída, ele não sabe se é chileno ou mexicano — embora sua obra seja tão chilena quanto mexicana —, não sabe interpretar as palavras de sua mãe, as lembranças são sempre confusas, "o que aconteceu depois é nebuloso", para deixar o leitor no ar e obrigá-lo a imaginar por conta própria. Essas imprecisões, paradoxalmente, dão maior liberdade ao narrador, que pode se permitir todo tipo de audácia, para romper com a lógica da tradição do século XIX, um gesto de rebeldia já marcado desde o primeiro texto, quando o pai do protagonista — supondo que haja verdadeiros protagonistas ou uma hierarquia de personagens — não quer trabalhar para o delegado Carner porque "não dava a mínima para a lei".

Essa ruptura consiste, em geral, em introduzir comentários curiosos ou estranhos para sair da "normalidade" do relato, a mesma liberdade que é concedida aos poetas: "vasos comuns e corriqueiros: as floreiras do inferno"; os mendigos usam Ray-Ban; Fernando berrava com gritos atrozes e "parecia estar pedindo água. Parecia estar tocando o gado. Parecia estar assobiando uma música"; "um sujeito com um pulôver que parecia tricotado com pelo", ou "meu futuro universitário era negro como um velho bolero impossível". Uma liberdade que nasce também do humor, que nunca é gratuito, simples exibições de engenho. Nem é gratuito o horror presente em tantas páginas, testemunho de uma época, como a rede de tráfico de crianças que vão sendo embarcadas rumo ao matadouro e que nos faz pensar nas mulheres assassinadas de Santa Teresa, de *2666*, ou nos nativos de Villaviciosa que "trabalhavam como assassinos e vigilantes". Uma violência sempre presente na América Latina, e que em *Sepulcros de caubóis* — título significativo — encontra sua expressão máxima no golpe militar contra Allende e na recorrente presença dos nazistas, que inevitavelmente nos remete à obra *A literatura nazista na América*.

Não vou comentar aqui a sucessão de histórias ou de cenas brilhantes que se passam ao longo do livro, pois o leitor não precisa de nenhuma orientação. Também não me concentrei em assinalar a diferença visível entre as três partes ou mencionar os diferentes títulos. A razão é muito simples: quis frisar a dinâmica do relato, o itinerário narrativo que não leva a lugar nenhum, ou melhor, que leva ao conjunto da obra de Bolaño. Qualquer tentativa de dar ordem ao caos e uma lógica que se afaste da concepção que ele tem de sua escrita seria rebaixar e mesmo deturpar a ambição de seu projeto. Em todo caso, o livro, feito de textos ao mesmo tempo dependentes e independentes de qualquer ideia de conjunto, está cheio de alusões a essa ruptura radical. O protagonista de "O Verme", como o de tantos outros textos, "dedicava a primeira parte da manhã aos livros e a passear, e a segunda, ao cinema e ao sexo". Do relato de ficção científica sobre a invasão das formigas extraterrestres, em "A viagem", nos é dito que o conto fica inconcluso. Mas é na terceira parte do livro, a mais insanamente "livresca", que se resume a visão audaz que o escritor tem de sua concepção de escrita: "É um romance que, como todo romance, aliás, não começa no romance, no objeto livro que o contém, entende? Suas primeiras páginas estão em outro livro". Outro livro do próprio Bolaño ou dos autores que ele menciona, seus companheiros de viagem, pois é de uma viagem que estamos falando. Basta dizer que a imaginação transbordante, a intensidade dos sentimentos, a crítica incisiva, a atividade febril ou os estranhos personagens fazem de *Sepulcros de caubóis* um livro — um livro dentro de um Livro — imensamente atraente e original.

Para identificar os textos que compõem este volume e determinar suas respectivas datas de escrita, foi consultado todo o acervo documental do Arquivo Bolaño, que se conserva no domicílio da família do autor e que é constituído de papéis soltos, cadernetas manuscritas, recortes de jornal, revistas e, no caso dos escritos de seus últimos anos, também arquivos informáticos.

"PÁTRIA"

Os materiais desse relato foram encontrados em três arquivos: o classificado com o nome *Archivador 4/17* contém, junto com outros textos do autor e um recorte de jornal datado de 1993, as notas de escrita e o rascunho do relato, ambos manuscritos; o *Archivador 30/171* guarda também um rascunho manuscrito do relato em um conjunto de folhas soltas pertencentes a uma caderneta quadriculada de tamanho meio fólio; por último, no *Archivador 34/5* foi localizada uma versão posterior formada por 62 páginas datilografadas com máquina de escrever elétrica, que Roberto Bolaño utilizou entre 1992 e 1995.

Para determinar sua data de escrita, tomamos como referência a notícia de 1993 guardada junto com as notas e o rascunho do relato no primeiro arquivo mencionado — e, portanto, previsivelmente contemporânea a estes —, e também o fato de estar escrito com máquina elétrica. Assim, podemos afirmar que "Pátria" foi escrito no período compreendido entre 1993 e 1995.

"SEPULCROS DE CAUBÓIS"

O texto completo dessa narrativa foi localizado em um arquivo intitulado *VAKEROS.doc* no disco rígido do computador de Roberto Bolaño. Existe, além disso, uma cópia de segurança desse texto, guardada pelo autor em um disquete de 3½ com o título *Sepulcros de Vaqueros*.

Além disso, no arquivo físico se localizou material desse relato em dois arquivos: o *Archivador 9/33* contém uma pasta verde de tamanho fólio com o título manuscrito *Arturo, Sepulcros de Vaqueros. Te daré diez besos y luego diez más*. Dentro dela, com diversos materiais, foram encontradas as notas manuscritas do texto "Sepulcros de vaqueros" em seis fólios soltos, dobrados ao meio, com os capítulos numerados; por sua vez, o *Archivador 2/12* guarda as notas referentes a várias obras, dentre as quais foram identificadas as de *Los detectives salvajes* e duas de "Sepulcros de vaqueros", uma delas com o cálculo de páginas escritas de *Los detectives salvajes, Llamadas telefónicas, La literatura nazi en América, Estrella distante* e o relato que nos ocupa, e a outra com notas de seu primeiro capítulo.

A escrita dessa narrativa pode ser datada entre 1995, quando Roberto Bolaño começou a usar o computador, e 1998, data das notas de *Los detectives salvajes* que compartilham páginas manuscritas com as dessa narrativa.

"COMÉDIA DE HORROR DA FRANÇA"

O texto completo dessa narrativa foi localizado em um arquivo intitulado *FRANCIA.doc* no disco rígido do computador de Roberto Bolaño. Existe também uma cópia de segurança do texto, guardada pelo autor em um disquete de 3½ com o título *Arch: Francia, Comedia del horror de Francia.*

No arquivo físico só foi encontrada uma nota manuscrita do autor referente a essa obra, escrita no envelope de uma carta recebida por ele cujo carimbo postal leva a data de 11 de abril de 2002. Está guardada no *Archivador 31/209.*

Essa última data e a dedicatória a seus dois filhos, Alexandra e Lautaro, presente nos arquivos informáticos antes mencionados, permitem datar o relato entre 2002 e a data do falecimento de Roberto Bolaño, em julho de 2003.

Carolina López Hernández

PÁTRIA

Pátria

Meu pai foi campeão de boxe, o mais corajoso, o mais selvagem, o mais esperto, o melhor...

Quando ele largou a profissão, o delegado Carner, de Concepción, lhe ofereceu um trabalho na seção de Investigações. Meu pai riu e disse que não, de onde diabos ele tinha tirado uma ideia daquelas? O chefe de polícia respondeu que ele podia farejar de longe os servidores da lei. Um faro infalível. Meu pai disse que não dava a mínima para a lei e que, aliás, que o desculpasse, mas ele não tinha vocação para vagabundo. Gosto de trabalhar, disse, não me leve a mal. O chefe de polícia compreendeu que, embora o boxeador estivesse bêbado, ele falava sério. Não o levou a mal. É estranho, disse o delegado, porque eu farejo os policiais a vinte quilômetros de distância. Os bons, claro. Não enrole, Carner, o que você quer é um peso-pesado para dar um trato nos pilantras, disse meu pai. Isso nunca, disse o delegado, sou um tira moderno. Moderno ou não, Carner lia livros dos rosa-cruzes e era, sem muito rigor, um adepto de John William Burr, o divulgador, hoje já esquecido, da metempsicose. Na minha casa ainda há panfletos de Burr editados pela El Círculo, de Valparaíso, e pela Asociación Gustavo Peña, de Lima, que meu pai, previsivelmente, nunca leu.

Que eu me lembre, meu pai só lia as notícias esportivas dos jornais: tinha um álbum de recortes e fotos do qual cuidava com esmero e que resumia de maneira fidedigna seu périplo pugilístico, desde as fileiras do boxe *amateur* até o cinturão de bronze de campeão sul-americano de pesos-pesados. (Ele também gostava de futebol e de corridas de cavalos e de jogar tejo e de cocaína e de natação e de filmes de caubóis...)

Meu pai, é claro, nunca ingressou na polícia. Quando se aposentou abriu uma lanchonete e se casou com minha mãe, grávida de três meses. Pouco depois nasci eu, o poeta da família.

O idiota da família

Tudo começou há muitos anos, em 11 de setembro de 1973, às sete da manhã, na biblioteca da casa de campo de Antonio Narváez, ginecologista de reconhecido prestígio e mecenas das belas-artes nas horas vagas. Diante de meus olhos vermelhos de sono, umas vinte pessoas se esparramavam pelos sofás e tapetes! Todos tinham bebido e discutido à exaustão naquela noite! Todos tinham rido e feito projetos e dançado à exaustão naquela noite interminável! Menos eu. Então, às sete ou oito da manhã, a pedido do anfitrião e de sua mulher, subi numa cadeira e comecei a recitar um poema para levantar os ânimos e fazer hora enquanto o café era aquecido, um café de qualidade excepcional que Antonio Narváez conseguia no mercado clandestino e que, para recuperar o corpo, servia com jorros de pisco ou de uísque, antes de abrir as cortinas e deixar que entrassem os primeiros raios de sol que já despontavam sobre a cordilheira dos Andes.

Bem, subi na cadeira e os donos da casa pediram um minuto de silêncio! Era minha especialidade. O motivo pelo qual me convidavam para as festas. Diante de um auditório composto de caras conhecidas que trabalhavam ou estudavam na Universidad de Concepción, rostos encontrados em sessões de cinema ou de teatro, ou vistos em reuniões campestres anteriores naquele mesmo lugar, nos saraus literários que o dr. Narváez gostava de organizar, recitei, de memória, um dos melhores poemas de Nicanor Parra. Minha voz tremia. Minhas mãos, ao gesticular, tremiam. Mas continuo achando que era um bom poema, embora na época tenha sido recebido com aprovação por alguns e com manifesta desaprovação por outros. Lembro que quando subi na cadeira percebi que naquela noite eu também tinha bebido como um cossaco. A cadeira era de madeira de araucária, e lá de cima o chão, os arabescos do tapete pareciam infinitamente distantes.

Eu devia estar no décimo quinto verso quando uma moça e dois rapazes apareceram na porta da cozinha e deram a notícia. A rádio informava que em Santiago estava sendo perpetrado um golpe militar, *Blitzkrieg* ou *Anchluss*, tanto faz, o Exército do Chile estava em marcha.

Foi só dizerem isso e começou a debandada, primeiro em direção à cozinha e depois à porta da rua, como se todos tivessem enlouquecido de repente.

Lembro que no meio da correria alguém gritou para eu me calar, por isso acho que eu ainda estava recitando. Lembro de palavrões, ameaças, exclamações de incredulidade, rostos que passavam da heroicidade mais sublime ao espanto, alternadamente, tudo confuso e inacabado, enquanto eu gaguejava enrolado com um verso e olhava para todo canto, o último a entender o que estava pairando sobre a República. Minha cadeira, diante da avalanche de gente que saía em disparada, cambaleou e caí de cara no chão. O tombo foi seco e indolor. Meio inconsciente, pensei que não desmaiaria de vez. Depois tudo ficou preto.

Quando acordei, não havia mais ninguém na casa, a não ser uma moça em cujo colo minha cabeça repousava. De início, não a reconheci. Mas não era a primeira vez que eu a via, naquela noite já tinha trocado algumas palavras com ela e antes já havíamos nos encontrado um par de vezes na oficina de Fernández ou Cherniakovski, naquele momento não me lembrava direito.

Tinha posto um pano molhado sobre a minha testa que me dava calafrios. Alguém abrira as cortinas. Uma janela, no andar de cima, era movida pelo vento e o ruído que produzia era similar ao de um metrônomo. Na biblioteca, o silêncio e a luz nos envolviam de forma sobrenatural: o ar parecia diferente, brilhante, novo, uma mistura de paredes sobrepostas atrás das quais se encontrava a aventura ou a morte. Olhei as horas, só tinham se passado dez minutos. Então ela disse levante-se, temos que ir embora o quanto antes. Como um espírito, me levantei. Quer dizer, leve como um espírito. Leve como uma pena. Eu tinha vinte anos! Fiquei em pé e a segui. Na rua, encontramos um Volkswagen com os para-lamas verdes e o estofamento de pele de leopardo. Entramos no carro e partimos. Eu tinha vinte anos e era a primeira vez que me apaixonava! Soube disso no mesmo instante... E, sem que eu pudesse evitar, meus olhos se encheram de lágrimas...

O lado direito

Ela se chamava Patricia Arancibia e tinha vinte e um anos. Morava em Nacimiento, a cidade dos ceramistas, numa casa de dois andares, de pedra e madeira, situada nos arredores, no alto de uma colina pelada de onde se via o vale em toda a sua extensão. Durante o percurso, só abri a boca duas vezes: a primeira para perguntar aonde estávamos indo, a segunda para lhe dizer que seus olhos eram azuis como os rios da província de Bío-Bío. A província tem sete rios, disse ela me olhando de soslaio, enquanto dirigia por estradas estabilizadas, afastando-nos a toda a velocidade de Los Ángeles: o Mulchén, o Vergara, o Laja, o Renaico, o Bureo, o Duqueco e o pai de todos, o Bío-Bío. E são todos diferentes. Tanto na cor quanto no leito. Às vezes, bem poucas, os sete são azuis, com grandes línguas verdes nos remansos, embora a maior parte do tempo desçam tingidos de uma cor como que de pedra. Pedras escuras com filamentos esmeralda e violeta, sobretudo quando o inverno é longo, disse ela tristemente.

À primeira vista, sua casa lembrava a casa de *Psicose*. A única diferença eram as escadas e a paisagem. Da casa de Patricia

Arancibia se via uma paisagem aberta, rica e desolada. Da casa de Norman, como se sabe, só se vê a antiga estrada e o pântano.

Estacionou o carro num galpão de tábuas corroídas. A porta principal não estava fechada à chave. Eu a segui até a sala: um cômodo enorme, cheio de quadros e livros. Meu pai é pintor, disse Patricia. Os quadros eram dele. Enquanto ela fazia chá, fiquei observando as pinturas. Em quase todas a figura central era uma mulher de traços levemente parecidos com os de minha salvadora. É minha mãe, explicou, estendendo-me uma xícara de chá quente. A uma ordem dela me sentei numa poltrona e fiquei imóvel, enquanto ela observava minha cabeça. Você está bem, disse, mas é estranho que tenha ficado tanto tempo inconsciente. Para onde foram os outros?, perguntei. Para casa, para as células dos seus partidos, para o trabalho, não sei… Por que você chamou o Bío-Bío de pai de todos os rios e não de mãe? Patricia riu. Você devia ser examinado por um médico, disse. Por causa da cabeça. Estou me sentindo bem, falei. Certa vez, um desenhista muito bom caiu ou foi atropelado, enfim, algo parecido com o que aconteceu com você. Foi levado ao hospital. Com os dias, ele se recuperou, ou era o que parecia. Exteriormente gozava de boa saúde, e as enfermeiras não se opuseram quando ele pediu papel e lápis para desenhar. A primeira coisa que ele quis fazer foi um retrato de uma enfermeira especialmente simpática. A enfermeira, lisonjeada, posou para ele. Quando terminou, todos perceberam que ele havia desenhado só o lado direito da enfermeira. Como teste, pediram que ele desenhasse uma mesa. Ele desenhou a metade direita da mesa. Quando os médicos chamaram sua atenção para isso, o desenhista teimou que o desenho, é claro, estava acabado e completo. Testaram com outros modelos e o resultado foi o mesmo. O desenhista só desenhava o que via e tinha perdido de vista o lado esquerdo das coisas…

Eu vejo tudo completo, murmurei. Vejo seu lado esquerdo e seu lado direito. Para mim, o Bío-Bío é o pai dos rios da mesma maneira que o vulcão Antuco é a mãe dos vulcões. Devia ser o contrário, falei, os vulcões pais e os rios mães. Patricia Arancibia riu. Moro com uma empregada da família, ela disse. Sabe como se chama? Crescencia Copahue. Tem setenta anos. Foi babá do meu pai, na verdade é como se ela fosse da família. Sabe o que é o Copahue? Não faço ideia, falei. Um vulcão. O Copahue é um dos sete vulcões de Bío-Bío. Você nunca tinha visto as pinturas do meu pai antes? Não, falei. Nem mesmo tinha ouvido falar dele. No Copahue tinha umas termas aonde a gente ia quando eu era criança. Meu pai pintou vulcões, faz anos, agora todas as telas estão vendidas ou queimadas.

Moro sozinha, disse. Minha mãe e meu pai moram em Santiago. Eles se amam desesperadamente, disse com um sorriso. Moro com Crescencia, ela está aqui agora. Em algum lugar da casa, ouvindo rádio. Deve estar deitada escutando os comunicados militares. Mas logo deve se levantar e dar alguma coisa para a gente comer. Sabe como se chamam os sete vulcões da província? Copahue, Tolhuaça, Collapén, Pemehue, Sierra Velluda, Maya-Maya e o mais bonito de todos, o vulcão Antuco. Por que está fechando os olhos? Estava imaginando os vulcões, falei, os via como muros que não vão deixar a gente sair. Por causa do golpe? Não os veja assim, disse a doce voz.

Meu pai também os sentia como grades, talvez por isso tenha ido morar em Santiago. Grades para seu talento. O desenhista que só via o lado direito ainda está vivo? Não, morreu há muito tempo, em Nova York, nos anos 1930, antes da Segunda Guerra Mundial. Ele se chamava Richard Luciano e seus desenhos perduram em alguns estudos de neuropatologia. Que triste!, falei, com os olhos cheios de lágrimas, acabar num manual de medicina. Não é bem assim, disse a doce voz. É um pouquinho melhor do que os museus. A vida dá muitas voltas, sr. Belano, a aventura nunca termina...

Para onde Patricia Arancibia dirigia naquela manhã? Para o céu ou para o inferno?

O Volkswagen imaculado deslizou pelos caminhos de Bío-Bío como se estivesse numa esteira transportadora. Freava e acelerava com os impulsos do sol, dos raios tépidos que tocavam a pele de leopardo. E Patricia Arancibia, sem óculos escuros para cobrir os olhos, perscrutava os caminhos e escolhia o melhor. Por alamedas ou trilhas de bois, margeando pastagens, nos arredores de Coigüe ou de Santa Fe, na hora do ângelus dos fracos, suas pernas, finíssimas, se moviam seguras no ventre do leopardo, imprimindo a velocidade desejada. Calçava botinas de couro preto debruadas com fivelas de prata, meias de algodão de cor magenta, com um festonado de estrelas diminutas, saia preta até o joelho, de cintura alta e justa como as de montaria, blusa marrom, de cetim, com botões redondos e perolados, e no banco de trás, jogado com descuido, um casaco de vedete dos anos 1950, de pelica. Às vezes, ela parava o carro em meio a uma nuvem de poeira e consultava um mapa que tirava do porta-luvas. A cena parecia o anúncio de um perfume selvagem: seus dedos longos percorriam os caminhos impressos em vermelho e seus lábios se apertavam, decididos. Então o carro saía lentamente da nuvem de poeira como se saísse de um ovo. Um ovo de pedra, de luz e de ar, efêmero como uma mosca. O ovo dos vulcões. E o Volkswagen imaculado pouco a pouco voltava a ganhar velocidade. A casca ficava para trás, desmoronando entre os galhos das árvores. O mapa retornava para o porta-luvas. As mãos agarravam o volante e o automóvel reiniciava a viagem.

— Para onde vamos? — perguntei com voz assustada.

(Quando eu era menino, brincava com meus irmãos de transformar os momentos felizes em estátuas... Se alguém, um anjo que nos observasse do céu, transformasse o Volkswagen e os solavancos do caminho em estátua... O trono de pele de leopardo em estátua... A velocidade e a fuga em estátua...)

Ela acelerou sem hesitar. Não se preocupe, sr. Belano, disse zombeteira, não vamos nos perder... Não vamos perder nada... Seus lábios, como diz o tradutor argentino ou boliviano de Virgílio, estavam cheios de ambrosia.

De Eliseo Arancibia para Rigoberto Belano

Recebi quatro cartas suas e acho que já chega. Não ponha o dedo nas feridas da minha família. Não comprometa a memória da minha filha com conjecturas e suposições que não levam a nada. Por favor, desista. Os fatos são claros e não vejo por que deveria acreditar mais em você e nas suas suspeitas do que no parecer da polícia. Deus quis que minha filha nos abandonasse na flor da idade e isso, lamentavelmente, é tudo.

Quanto a lhe enviar os papéis de Patricia, minha resposta é negativa. Não sei a que papéis você se refere. Se soubesse, receio que você não seria a pessoa mais indicada para recebê-los. Quando o tempo cicatrizar as feridas poderei, com calma e paciência, reunir a obra dispersa da minha filha e publicá-la numa coleção digna. Não me faltam amigos editores. Então lhe peço que não se atribua o papel de testamenteiro literário que ninguém lhe conferiu.

Por último: não instrumentalize a morte da minha filha. Nem política nem literariamente. Sobre isso, eu me vejo na triste obrigação de insistir. Você não tem nenhum direito. Patricia odiava a vulgaridade que creio vislumbrar nos seus propósitos.

Nem é preciso dizer que, se for o caso, não hesitarei em tomar medidas legais.

Se minhas palavras foram duras, sinto muito. Espero que entenda, sou um pai destroçado. O senhor, em compensação, é um rapaz jovem e deve pensar no seu futuro.

Anexo a esta carta nossa revista *Pintores Chilenos de Aquí y de Allá*, com um esboço biográfico de Onésimo Echaurren que talvez lhe agrade.

Responso fúnebre lido pelo secretário interino da Sociedad Chilena de Bellas Artes, sr. dom Onésimo Echaurren Gordon. Publicado na folha trimestral *Pintores Chilenos de Aquí y de Allá*, 1974. E parcialmente publicado na seção necrológica do *El Mercurio*, 1973. Versão completa

Ei-nos aqui reunidos, amigos e colegas, em torno de uma frágil rosa, em torno das pétalas ainda frescas de uma flor, a melhor, a mais viçosa, a mais enigmática, arrancada prematuramente do seio da Natureza, mãe de todos, dos cegos e dos videntes, dos criadores e dos seres obscuros, do artista que compreende e transcende, e do zumbi, o atroz engendro afro-haitiano.

Quando a feroz estiagem parecia se afastar, quando sobre o seio hirto da Pátria se desvanecia como um sonho ruim o fragor dos bandos de abutres que quiseram cortar as asas de nosso amado condor, quando o guemal retouça novamente ao longo dos vales recuperados e a criança e o ancião ouvem os sinos tocando a rebate, anunciando que a República começa a andar com novo vigor e novo impulso, chegou aos nossos lares, como o último golpe da noite, a notícia, a lutuosa notícia que nos submerge sem prévio aviso num turbilhão particular.

Posso dizer que a vi nascer; a amizade, esse vínculo sagrado e misterioso, concedeu-me o alegre privilégio de vê-la crescer. Como não evocar agora seu rostinho iluminado por meus quatro candeeiros de cobre (que, mais que candeeiros, pareciam tochas) pedindo para que lhe contasse outra história, mais uma de uma longa lista. Tardes inesquecíveis, emolduradas pela soberba luz da província de Temuco, em minha fazenda La Refalosa, nome que não esconde, como alguns inimigos insinuaram, um erro gramatical, mas a prístina vontade vernácula de meus antepassados, e que me sinto honrado em preservar.

Vejo, como se estivesse no teatro e o tempo, esse esquecidiço amigo, não tivesse movido sua cauda de cometa, a espaçosa galeria de La Refalosa, com os tripés instalados, as paletas preparadas, as tintas organizadas; adiante, o pomar; nos limites do pomar, as crianças (essas *crianças* que hoje estudam direito ou economia!) brincando de caubóis; os camponeses, humildes na indumentária, mas com uma aparência geral arrumada e com passos otimistas, dirigem-se às terras aradas; e ela, nossa precoce amazona de oito anos, emerge, Vênus de Botticelli, mulher-menina fantástica de Max Ernst, coisa enfarruscadamente divina de Alberto Ortega Basauri, montada em minha égua Polvito, pelo caminho dos roseirais.

Abençoada visão! Alada como os anjos, sua presença transmitia algo similar ao assombro que parece reservado apenas ao poema, plástico ou verbal. Preocupada transeunte de terras imaginárias, seu intelecto e sua beleza deslumbraram desde cedo seus queridos pais e o seleto círculo a que os dois pertenciam. Não hesitarei em afirmar que de Eliseo Arancibia ela puxou a inteligência firme e curiosa, e de Elena Múgica Echevarría, a formosura e a graça que a adornaram até o derradeiro crepúsculo.

Como exemplo de sua argúcia, posso mencionar que aos dez anos já sabia discorrer sobre os avatares do surrealismo *criollo* e francês. Apreciava a obra de nosso recordado e saudoso Juan Miguel Marot e punha os pingos nos is no superestimado pincel de Roberto Antonio Matta. Embevecidos, nós, os mais velhos, a divertida turma do grupo de *Aquí y de Allá*, que na época tinha acabado de sulcar a fronteira dos quarenta (ai, venturosa idade!), a ouvíamos dizer com aquela sua vozinha segura, grave, o corpo apoiado como um arlequim sobre o joelho de seu adorado pai, que o principal defeito de Leonora Carrington era sua insuportável magreza.

Eu já disse: o talento do pai e a beleza da mulher que lhe deu a vida, mas há algo mais, algo mais, se me permitem a licença, que só o olho atento de um artista pode vislumbrar: um caráter (e o caráter, quem ignora isso?, é a casa do talento, seu palácio e seu refúgio), um caráter, como eu dizia, singular, próprio, intransferível. Um caráter cinzelado a fogo. Um caráter de chilena, mas também de inglesa, que teria deslumbrado o mais perspicaz dos psicólogos.

Ela teve tudo (tudo o que alguém pode ter até os vinte e um anos), mas não foi uma criança mimada. Boa filha, boa estudante, boa amiga, tenaz em tudo o que empreendia, livre como um pássaro; às vezes, esses meus olhos cansados acreditavam estar olhando para um ser humano com toda uma vida pletórica de experiências e de avatares, e não para uma pessoa, para uma rara pessoa nascida em 1952. Tão grandes eram sua amabilidade e sua doçura, sua compreensão e sua graça.

Eu a vi pela última vez oito ou nove meses antes de sua morte, na exposição que seu pai realizou no Círculo Francés de Santiago. Não é preciso dizer que já era uma mulher-feita. Como sempre, exalava vida e talento por todos os poros. Trocamos umas poucas palavras. Soube que estudava literatura na Universidad de Concepción, que escrevia poemas (pedi-lhe que me recitasse um ali mesmo, mas, com uma expressão de modéstia, ela não julgou apropriado), que planejava viajar à Europa no fim do ano, que morava sozinha, ou melhor, com a velha babá mapuche em sua casa encantada e encantadora de Nacimiento, que já fazia um tempo que não desenhava. Considerei isso uma desgraça e ela me presenteou com uma de suas risadas, cristalina, franca, repleta de saúde.

Depois da exposição, demos uma festa em homenagem a Eliseo na casa dos Ortega Basauri. Alguns ainda devem se lembrar daquele encontro com carinho e nostalgia. Reunimo-nos, os fundadores e os novatos do grupo de pintores de *Aquí y de Allá*, em fértil camaradagem. Os tempos que corriam não eram serenos, mas não nos intimidávamos. Patricia também apareceu por lá, ainda que só por um instante, na companhia dos pais e de uma amiga com a qual planejava ir até Viña del Mar. Cercado de jornalistas e desconhecidos que buscavam minha opinião sobre uma ampla gama de assuntos, foi impossível nos aproximarmos um do outro. Um momento depois, ela e sua amiga não estavam mais lá, e Eliseo se encarregou de me transmitir suas saudações.

Será que pressenti que seria a última vez?

Quem sabe!

Só sei que chorei como uma criança quando Eliseo, meses depois, telefonou para me dar a notícia. E no pranto catártico me acompanharam minha mulher e meu filho Juan Carlos.

Ela se foi. Afastou-se de nossas misérias e tribulações. Não está mais conosco. Deus nos privou de sua risada e de seu olhar. Todos perdemos. O Chile inteiro perdeu. Sua morte poderia ser o melhor argumento para o desânimo.

No entanto, é preciso seguir em frente. É necessário seguir em frente! Hoje mais do que nunca.

Vou terminar dizendo que Patricia amava a noite. Amava-a pela dádiva e pelo consolo das estrelas, confessou a seu pai e a mim num dia já distante (puro e distante) na imensa galeria de La Refalosa, saboreando um chá gelado após um dia exaustivo. Na noite imensa, na mesma noite em que todos nós nos perderemos irremediavelmente, as estrelas cintilam. Aquela é nosso Cruzeiro do Sul. A seu lado o firmamento estende um manto de astros e de luzes. Lá vive Patricia. Lá nos espera.

O de maior caudal. O que marca a fronteira. O rio mais bonito do cu do mundo

Estes não são os caminhos da Contrarrevolução, disse Patricia Arancibia enquanto eu tremia, são os caminhos de Los Ángeles, de Nacimiento, da província de Bío-Bío. Vamos para minha casa.

O Messerschmitt

Em dezembro, alguns sortudos viram aquele avião antigo sobrevoando Concepción. Foi na hora em que o sol mergulhava no Pacífico, rolando em direção às ilhas, aos lugares felizes, e também em direção ao Japão e às Filipinas. O avião surgiu do norte, como se viesse de Tomé, entrou por Talcahuano e ficou um bom tempo planando sobre Concepción. Eu estava no ginásio da Investigações, transformado em curral para presos políticos, me recuperando da última surra, e não sei de onde tirei forças para chegar à janela, não sei de onde nasceu a certeza de que ver aquele avião era importante.

Foi Gaspar Yánez quem disse que um Messerschmitt estava sobrevoando a cidade. Um o quê? Um Messerschmitt, companheiros, um avião do Terceiro Reich, para ser mais específico, me deixem ver direito, um 109, a joiazinha da Luftwaffe, duas metralhadoras de quinze milímetros e um canhão de trinta. E o que ele está fazendo?, perguntaram os presos. Por alguns segundos, Gaspar Yánez estudou em silêncio o retângulo vermelho…

Acrobacia aérea! Piruetas! *Loopings!* Saltos mortais! O piloto deve estar louco de felicidade!

Lembro que a luz no interior do ginásio era de um amarelo-escuro e que todos os rostos estavam voltados para Gaspar Yánez, assomado como um pirata à janela. Puta que o pariu, que piloto, que avião, que maravilha! Sentados no chão, os homens e as mulheres ouviram em silêncio: o rosto de Gaspar, magro e ossudo, de nariz largo e lábios grossos, parecia consumido no vermelho do entardecer. Esses foram os caças da batalha da Inglaterra, disse como se rezasse. Espere aparecer um Hawker Hunter e vai ver o que acontece com o seu caça, cravou alguém de um canto escuro. Nunca tantos deveram tanto a tão poucos, acrescentou o decano da Faculdade de Direito, que cochilava num colchonete sebento entre dois mineiros de Lota.

Mas esse parece estar envenenado, disse Gaspar. Olhem, olhem, está soltando fumaça! Que beleza, cavalheiros! Que elegância, que lindeza! Não me venham falar mal da tecnologia alemã! Está soltando fumaça, será que está caindo, Gasparcito?, disse uma mulher de uns cinquenta anos, também de Lota. Não, imagine se vai cair! Está escrevendo alguma coisa no céu. Putz, o que será, o que será?, se desesperou Gaspar. Deve ser um anúncio, disse um dos presos. Então pulei por cima das mantas, dos colchonetes e dos corpos e assomei à janela.

Através da grade vi o avião, as hélices silenciosas, o perfil quadrado das asas, o mesmo que aparecia na revista *Spitfire*, o caça azul-aço dos inimigos, estranhamente belo. E depois vi as palavras, o traço grosso que o vento afinava com rapidez. O texto escuro escrito no céu como quem escreve com a secreta vontade de ser inteligível apenas através de um espelho. E o par de versos, palavras que eu conhecia, roubados, como tantas outras coisas, da casa de Patricia Arancibia.

— Está anunciando uma bebida vulcânica! — disse Gaspar Yánez, completamente fora de si. — Está anunciando o princípio da literatura fascista, companheiros!

Cale a boca, seu louco de merda, ergueram-se vozes de protesto. Eram mineiros mal-humorados.

Pelo outro extremo da cidade surgiram dois helicópteros. Voavam baixo, rente aos telhados, tinham pintura verde de camuflagem e se aproximavam do perímetro onde o avião realizava seu trabalho. Senti o ar vibrar. Combate aéreo!, gritou Gaspar. Ninguém lhe deu atenção. Às nossas costas, o silêncio era assustador. Virei-me: os presos conversavam, comiam, dormiam, jogavam damas com papéis recortados, pensavam. A Força Aérea da Armada Chilena contra a Luftwaffe! Helicópteros da ilha Quiriquina! Avante, caros rapazes!, gritou Gaspar, enquanto começava a sair espuma de sua boca e seu corpo tremia, sacudido por espasmos cada vez mais violentos. Foram necessários uns quatro homens para tirá-lo da janela. Eu não me movi. Os helicópteros estavam logo abaixo do Messerschmitt. Este rapaz precisa de um médico, disse alguém, ou pelo menos de um Melhoral. A voz era sereníssima. Uma mulher do grupo de Lota tirou do sutiã uma cartelinha de Melhoral e entregou um comprimido a quem estava cuidando de Gaspar. Os gemidos dele agora pareciam os trovões que antecedem uma tempestade. Mas não uma tempestade chilena: uma africana. Observei com pesar o revoar de mantas, as mãos que seguravam o maxilar de Gaspar, as opiniões contraditórias que iam e vinham, as sombras do ginásio: mais que presos, na verdade parecíamos loucos.

Quando olhei de novo pela janela, os helicópteros se afastavam, voltando para suas bases. No céu avermelhado de Concepción, o avião fez uma última pirueta e depois, soberbo, subiu e se perdeu entre as nuvens... Gaspar começou a arrancar tufos de cabelo. Sobre o céu vermelho ficaram as palavras cinzentas, liquefeitas no ar.

A joiazinha da Luftwaffe

Era o melhor avião do mundo, da negrura do mundo, disse Gaspar Yánez, de quatro, como um animal mitológico nas últimas; a voz, o silabar colado a meu ouvido, fez com que eu acordasse de um pulo. Estão todos dormindo, disse Gaspar Yánez: as vogais saíam de seus lábios petrificadas pela escuridão e pelo medo. Um movimento perpendicular o fazia oscilar dos joelhos até os pulsos. É estranho, não é? Chegavam em surdina vozes e risadas, um barulho de água saindo da mangueira. O que é estranho?, sussurrei ainda mais baixo do que o louco, tanto que temi não ser ouvido, mas ele ouviu. O avião, disse ele. O caça dando voltas por cima da cabeça da gente. Repeti a ele o que outros já haviam explicado, que a FACH conservava um avião alemão como peça de museu, que o avião alemão estava no Chile desde 1939, aproximadamente, mas enquanto falava percebi que eu também não acreditava nessa explicação. Gaspar sorriu (tinham quebrado, no segundo dia de sua detenção, quase todos os seus dentes) como se adivinhasse meu pensamento. Ouvi de novo os risos e o jorro de água, imaginei o serpentear da mangueira no pátio dos comuns. Estão se divertindo, disse Gaspar, como se quisesse encerrar um assunto e entrar de repente no que realmente importava. Quem? Os policiais. Eles não dormem nunca, deve ser por consciência ou por um sexto sentido que os alerta sobre a Solidão. Esses esbirros não têm consciência, falei. Gaspar suspirou. Seus pulmões fizeram um ruído estranhíssimo. Acho que o mundo está cheio de buracos, disse ele, e os caças se infiltram por aí. Você ouviu o que eu falei sobre a Solidão? (Pergunta estranha.) Outro buraco, só isso. Não acredito nessas coisas, sussurrei. Não é preciso acreditar, disse Gaspar, eu vi os aviões voando ao amanhecer e aí não era questão de acreditar ou não, você via as silhuetas nas cabines, a cara branca como miolo de pão de Hans Marseille, e percebia que não havia mais consolo. Consolo de quê?, gaguejei. Minhas vogais também estavam virando pedra. Consolo de tudo, é difícil admitir, disse Gaspar. Só a joiazinha da Luftwaffe no céu. O 109, seguido por todos os protótipos, inclusive por aviões melhores do que o 109, confesso, embora o que marque a diferença seja o número. Como, como?, sussurrei. O número de tripulantes, nos outros vão dois, meu amigo, e assim não vale. No 109 vai só um, e aí sim é preciso ter muito peito. Decolar da França, subir acima das nuvens e chegar à Inglaterra justo a tempo de lutar cinco minutos num vento feito de sonhos. O que está dizendo, infeliz?, sussurrei. Então você não era locutor de rádio? Não era você o do programa *Adelante con los Cabros*? Será que a loucura fez você virar nazista? Gaspar me lançou um sorriso horrível, enquanto negava com a cabeça. Depois levantou a mão e me deu uns tapinhas no ombro. Sem mudar de posição, de quatro, perdeu-se no escuro em direção a seu colchão de palha. Fiquei acordado por um bom tempo. No dia seguinte me levaram para o pátio, me deram uma surra e me jogaram na rua.

Family Plot

Efeitos do golpe militar no âmbito de minha família. Minha mãe perdeu o emprego como professora de matemática no Colégio nº 3 de Concepción. Meu pai e minha mãe voltaram a se falar. Meu irmão David foi detido e espancado: durante quinze dias meus pais o procuraram nas delegacias e nos hospitais. Meu irmão David voltou para casa um mês depois, e por mais trinta dias se manteve no mais absoluto mutismo. Minha mãe chorou e perguntou, aos gritos, o que tinham feito com seu filho. Meu pai o observou, o tocou, olhou para seu rosto e sentenciou que não seria dessa vez que meu irmão David morreria. O temperamento de minha irmã Elisenda se amargou. As refeições ficaram exíguas, mas, em compensação, dessa vez a família inteira se reunia para comer. Meu pai atravessava a rua e comíamos todos juntos na casa de minha mãe. Ou então minha mãe e eu e meus dois irmãos atravessávamos a rua e comíamos todos juntos na casa de meu pai. Minha irmã Elisenda parou de ver tanta tevê. Meu irmão David começou a treinar toda manhã no quintal de casa. Estudava artes marciais por correspondência: caratê, kung fu, judô. Meu pai, quando ia à casa de minha mãe, o espiava pela janela da cozinha e sorria. Meu irmão David opinava, diante de minha mãe, de minha irmã e de mim, que com um só golpe de caratê poderia derrubar meu pai. A verdade é que os nervos no interior da família estavam muito tensos. Minha mãe começou a se perguntar cada vez mais o que estávamos fazendo naquele país. Meu pai, que costumava criticar o governo de Allende por sua política esportiva, parou de falar de esportes por um tempo. Meu irmão David virou trotskista. Minha irmã Elisenda queimou seus contos infantis e depois chorou, amargurada. Meu pai tentou fazer amor com minha mãe umas cinco ou seis vezes, e os resultados, a julgar pela cara deles, não foram satisfatórios. Minha mãe voltou a pegar seu livro de música e a tocar violão. Meu pai fechou a lanchonete, e pouco depois a vendeu para um sargento aposentado da Marinha. Quando meu irmão David foi detido pela segunda vez e minha irmã viu como a possibilidade de ingressar na universidade estava se esfumando, minha mãe disse que aquilo bastava. Vendeu a casa, os móveis e comprou passagens de avião para Lima. Minha mãe gostaria de ter comprado passagens para Madri, mas o dinheiro não deu. Minha mãe chorou quando me neguei a acompanhá-los. Meu irmão David me chamou de maricas e de eunuco. Eu respondi que maricas talvez, nunca se sabe, mas que eunuco com certeza não. Maldosamente, acrescentei que meu pai pensava que os eunucos eram os que praticavam artes marciais importadas do Oriente. Meu irmão David quis me bater. Não bata na cabeça dele, gritou minha mãe. Os dias que antecederam a partida foram um deus nos acuda. Meu irmão David se reconciliou comigo. Nós três nos abraçamos: David, Elisenda e eu. Prometi a minha mãe que juntaria dinheiro e iria encontrá-los. Prometi que não iria me meter em problemas. Meu pai e eu acompanhamos minha mãe e meus irmãos a Santiago. Enquanto o avião decolava, meu pai começou a falar sozinho e depois mordeu os nós dos dedos. Compreendi a tristeza que ele sentia. Imaginei minha mãe e meus irmãos nos assentos, com os cintos afivelados, tristes mas cheios de energia, desafiando o futuro e o que quer que ele lhes reservasse, fosse o que fosse. Meu pai, por sua vez, me pareceu à beira da morte, o rosto contraído, como se as rugas de fora se somassem às rugas de dentro. Nunca meu pai se pareceu tanto com um boxeador nocauteado como naquele momento. Voltamos de trem para Concepción. Para a viagem, meu pai comprou um frango assado e uma garrafa de vinho. Comemos e bebemos a intervalos, não sei por quê. Meu pai não pregou o olho. Às vezes eu acordava com o ruído que ele fazia ao chupar uma asa, um ruído muito peculiar, ele pegava a asa com a mão e começava a chupá-la bem devagar, com o olhar perdido no escuro do vagão. Nunca mais vou vê-los, disse meu pai. Duas semanas depois chegaram os primeiros cartões-postais. O cartão-postal de minha mãe era bastante otimista. O de meu irmão parecia mais um hieroglifo ou um jogo de palavras cruzadas, nunca entendi seus códigos, se é que tinha algum. O de minha irmã era mais bobo, mas ao mesmo tempo o que achei mais engraçado, talvez por sua inocência. Ela basicamente contava os pormenores da viagem Santiago-Lima. O que mais lhe agradara foi o filme que viu no avião. *Family Plot*, de Alfred Hitchcock.

O sonho

Comecei a sonhar com a cidade escura muitos anos depois da morte de Patricia Arancibia... Um rapaz de dezessete anos caminhava por ruas abertas, ladeadas por prédios altos... Seus passos eram largos, quase felinos... O rapaz tinha dezessete anos, não sei por quê, mas tenho certeza de sua idade... Também tenho certeza de sua coragem... Usava uma camisa branca e calças pretas, muito largas, que o vento movia como uma bandeira... Usava tênis que em outros tempos tinham sido brancos, mas no sonho eram de uma cor indefinida... Tinha cabelos compridos, e, embora seu rosto permanecesse na sombra, eu adivinhava uns olhos escuros de lobo ou de coiote... As ruas eram enormes, algumas de cimento, algumas de pedras, mas enormes e vazias... Só o rapaz caminhava por elas a passos largos, feliz por estar vivo e pelo vento morno que ondulava suas roupas... Depois apareciam quatro ou cinco pessoas... Todos se conheciam e caminhavam juntos por um trecho... Depois o rapaz e seus acompanhantes paravam numa saliência do caminho... Abaixo deles havia uma quebrada e, ao longe, as silhuetas de outros prédios... No meio deles, imponente como quatro catedrais e quatro campos de futebol, erguia-se o cinema… O cinema Diorama… O rapaz e seus acompanhantes admiravam a paisagem escura e tiravam cervejas e drogas de algum lugar… Pouco a pouco, seus gestos se tornavam mais inquietantes… Gesticulavam, discutiam… Um dos caras, um gordo de calças justas, pegava o rapaz pelo pescoço e o atirava no meio da rua… Os outros riam… Então aparecia uma navalha na mão do rapaz, e se dirigia ao gordo… Ninguém notava nada, mas as risadas se petrificavam… O gordo recebia a punhalada no estômago… Eu podia perceber a tensão no braço do rapaz… Sua decisão com laivos de nojo… Eu podia sentir seu nojo dobrado pelo esforço do braço… Depois vinha a tempestade…

Um trago no caminho

Cherniakovski? Juan Cherniakovski? Iván Cherniakovski? O poeta Cherniakovski. Eu me lembro dele, disse o professor de álgebra, ninguém que visse Cherniakovski uma única vez conseguiria esquecê-lo. Tinha a melhor pinta que se poderia desejar, disse ele, e naquela época, em 71 ou 72, as mulheres corriam atrás dele feito loucas, você me entende, não é? Eu não sou viado, você me olha e não imagina que eu dê alguma bola para a moda, mas eu tinha olhos, e pelo menos conseguia distinguir as coisas com menos esforço do que agora, questão de dioptrias, ideologicamente tudo continua tão escuro quanto antes, não sei se você me entende, talvez a história e as pessoas sejam feitas para a confusão, não sei, carinha, às vezes penso que o mais normal seria todos nós nos suicidarmos, mas por sorte eu tenho a mulher e os guris e continuo na lida. O que eu estava dizendo? Cherniakovski, Juanito Cherniakovski, um grande poeta, ainda que você não possa confiar em mim, faz anos que não leio um verso, e pensar que houve uma época em que eu os escrevia. Nem Zurita eu li, isso já diz tudo. Nem Zurita, nem Millán, nem Maquieira, embora eu saiba que ainda não morreram. E o que dizer dos que se exilaram? Esses, é como se não existissem. Bem, o que eu estava contando? Juanito Cherniakovski. Bom sujeito. O Filho do Mar Morto, era como o chamavam os fascistas da economia, não sei se você consegue captar o respeito ou o medo que ele inspirava, até mesmo numa alcunha que pretendia ser depreciativa. Percebe? Não o chamavam de judeu de merda, há uma diferença substancial. Não sei, de verdade, o que Cherniakovski tinha, mas ele inspirava respeito. Não pense que era um valentão de esquerda, desses que pululavam, infelizmente, nem que ele levantasse a voz, nem que ameaçasse alguém. Acho que Cherniakovski se impunha por sua beleza. Pode rir. Você já viu pinturas de Dürer, cara? E se lembra daquela chamada *Oswolt Krel*? Nunca a viu na vida? Trata-se de um óleo sobre tábua, com duas tábuas menorzinhas que formam a capa do retrato de Oswolt Krel e onde, junto com os brasões de armas da família, aparecem, um em cada capa, dois bosquímanos loiros daqueles. Mas o importante é o retrato de Oswolt. Igualzinho a Cherniakovski! Pura energia! Pura energia trágica!, se é que você entende a que estou me referindo, cara. Assim era Cherniakovski, tinha os olhos mais trágicos e mais carregados que já vi, mas talvez eu esteja exagerando: vi muitos olhos desde então, ou pelo menos acho que foram muitos. Vi olhos até na sopa, cara! Você não? Brindemos a isso! Oswolt Krel, porra. Juanito Cherniakovski em pessoa... Respeitado, admirado e querido, pegava as coisas no ar, como o Oswolt, para ficarmos por aqui. Com um ar estranho nos olhos. Um ar? Não, cara, corrigindo, todo um vendaval. Você precisava ver o quadro, cara! Oswolt Krel está contemplando alguma coisa terrível, não é?, dá para notar, mas ele se segura, aguenta firme, e só os olhos, que são o espelho da alma, refletem a alucinação que o espectador não está vendo. Ele está com medo? Pode ser, mas aguenta firme, e essa é sua virtude... Assim era Cherniakovski... Aguentava firme... Além disso, era um sujeito bacana, muito simples... Faz tempo que se exilou, acho... Foi uma pena que ele tenha largado sua oficina de poesia, a gente curtia muito, mas o que ele podia fazer? Por quanto tempo eu frequentei a oficina? Toda a minha juventude, compadre! E conheci as irmãs Pons, juro. Duas moças bonitas, e boas poetas. Principalmente a Edna Pons. A outra eu não lembro como se chamava. Lisa, é isso. Lisa e Edna Pons. As joias de Cherniakovski. Do restante da oficina, bom, eu me lembro de dois estudantes de jornalismo, de outros dois ou três de letras, do ator Javier Oyarzún, que sorte que teve aquele filho da mãe, e de você, claro... Como disse que se chamava? Belano? Porra! Rigorín Belano. Claro que eu me lembro. Parece que não, mas me lembro sim. O declamador, não é? Não fique vermelho, cara! São boas lembranças! Se eu vi alguém desconhecido na oficina um pouco antes do golpe? Me quantifique esse pouco. Dois ou três meses antes? Cara, não só um, naquela época a oficina parecia um circo de três pistas, eram muitos os desconhecidos, os que iam só pra ler um manifesto ou passar a tarde: vivíamos em festa e em mobilização permanentes, não se lembra? E a oficina sempre esteve aberta... Não era como a do Fernández, né?, mais rigorosa, ou mais elitista. Um poeta? Cara, mas naquela época todos nós éramos poetas. Deixe eu lhe dizer uma coisa: Cherniakovski era o único que parecia conhecer todo mundo, só ele poderia lhe dar uma luz, mas quem sabe onde andará Cherniakovski a essa altura do campeonato. É só isso que posso lhe dizer, me desculpe. Rigorín Belano! Foi um prazer enorme falar com você, cara, mas agora tenho que te deixar. O dever me chama, e ainda posso negociar alguma coisa. É duro vender eletrodomésticos em domicílio, mas no fundo é um emprego seguro, e além do mais, como a venda é em prestações, melhor ainda. Leve em conta que virtualmente nós somos a única empresa do ramo. A concorrência não aguentou, cara... Deixe, eu pago... Tenho dinheiro e o Vesgo me faz um preço especial...

O sonho (2)

O rapaz da camisa branca andava pelas ruas da cidade escura... Ao longe, recortada sobre o horizonte, via a silhueta do cinema... Mas não, recortada sobre o horizonte poderia levar a pensar, erroneamente, que o cinema ficava sobre um terreno plano, e não era assim... As ruas subiam e desciam, volta e meia apareciam escadas de pedra abrilhantadas pelo orvalho noturno... A cidade, ou pelo menos aquela parte da cidade, parecia construída sobre colinas e penhascos... Um terreno irregular, coberto de pedra e cimento, ladeado por quebradas onde se acumulavam sacos de lixo, pretos e reluzentes como as pedras... E também havia colunas... Colunas romanas ou gregas, que sustentavam vasos... Vasos comuns e corriqueiros: as floreiras do inferno, murmurava o rapaz... O rapaz olhava para os vasos (sem flores) e para os pilares com o rabo do olho... Sei que o rapaz estava com pressa, não com medo... Se eu pudesse subir num pilar, pensava, e meter a mão dentro de uma dessas floreiras... No rosto do rapaz coberto de sombras se desenhava um sorriso branco com estrias amarelas como filamentos de ouro... Imperceptıvelmente, a silhueta do cinema ia ficando cada vez maior... Na bilheteria, feita de pedra e papelão, não havia ninguém... Em todo caso, o rapaz não pretendia comprar um ingresso... A passos largos, adentrava nos corredores internos do cinema... Os corredores pareciam segmentos de um estacionamento subterrâneo, eram grandes demais, e as cortinas que cobriam as paredes de cimento mal disfarçavam um enxame de tubos... Por fim, ele abria uma porta de duas folhas e entrava numa galeria lateral... Dali, só conseguia ver uma parte da tela... os rostos projetados, um primeiro plano de duas loiras platinadas, moviam-se com uma lentidão exasperante... O rapaz observava a cena sem se sentar... A galeria era estreita e comprida... Nos fundos se acumulavam cadeiras de palha e uma fileira de poltronas apodrecidas pelas tempestades... O rapaz tirava do bolso da calça um maço de Cabañas e um isqueiro de ouro... Junto com a navalha, aqueles eram seus únicos pertences... Acendia o cigarro e a fumaça velava seus olhos como uma tela diminuta entre ele e a tela do Diorama...

O remador do acaso

As filhas de Walt Whitman têm as bolas peludas
As filhas de Walt Whitman são umas ovelhas lanudas
As filhas de Walt Whitman deixam suas naus bicudas
Comendo peitos
De peru

Assinado no ar: Carlos Ramírez
Tenente da FACH

— O que acha dos versinhos? — disse Bibiano Macaduck.

— Não sei…

— São uma bosta. O milico bocó pensa que é Céline.

—Você também o incluiu nos seus *Señales*?

— Toda a obra dele, compadre. O suprassumo da baboseira, benza Deus, bando de idiotas…

— Mas esse poema não está no *Ojo Avizor*…

— Ah, é que a gente tem as referências dele. Os versículos em questão foram encontrados na Biblioteca de Concepción, na estante das letras perdidas, entre uma monografia do *Séptimo de Línea* (um livro delirante que situava nossos bravos em plena escalada ao Machu Picchu) e uma edição de Crawford e Filhos sobre certas pesquisas do nosso botânico nacional, cheia de desenhos da flora e um pouco da fauna da pátria. Porra, qual era o nome do botânico? Devo estar mal, Rigorín! Me lembro do editor, que morreu faz mais de sessenta anos, e não me lembro do botânico nacional.

— Philippi.

— Isso. Rudolf Amand. Meus Deus, o que é que está acontecendo comigo!

— Calma, Macaduck. Você o encontrou entre o *Séptimo de Línea* e Philippi. Mas o que encontrou, de fato?

— Ora, a plaquete com o poema, seu tonto. Com versos do Ramírez, de um tal de Ismael Copero e de outro que não lembro. Todos apertadinhos num exemplar tipo tabloide, de oito páginas. O monstrengo responde pelo nome de *Semana Santa*, caramba. *Semana Santa*, saca a sutileza? As iniciais: SS.

— Não exagere.

— Tá bom...

— E onde eu poderia ver essa plaquete?

— Eu já disse, seu tonto, na biblioteca. Vou fazer um mapa pra você conseguir chegar à famosa estante sem ficar zonzo. Livros estranhos se escondem naquele buraco. Na estante de Ramírez, o fascista abraça os nazistas e os nacional-sindicalistas. Quer dizer, sua expressão artística, os bandidos no plano sublime. A verdade é que não há muito o que escolher, mas dá pra perceber uma vontade, uma linha traçada desde o começo do século e seguida, com mais ou menos sucesso, em geral com zero de sucesso, à risca. Às vezes, tento imaginar como seria o rato que vai depositar esses livros lá. O rato ou o monge.

— Vou ver com meus próprios olhos — falei.

— Melhor esperar pra ler meus *Señales*. Naquele canto empoeirado você só vai se confundir um pouquinho mais, Rigorín.

— Em todo caso, eu vou — falei.

— O que você acha que ele quis dizer com aquela história de que as filhas têm as bolas peludas?

— Pois que são homens, Bibiano, as filhas de Walt Whitman são homens, por isso têm os testículos peludos, imagino... Deve estar se referindo a Neruda, a Sandburg, a De Rokha, a Vachel Lindsay...

— E quando ele diz que elas são umas ovelhas lanudas?

— Cara, lanudas está lá pra rimar com peludas, não vejo outro motivo: todas as ovelhas são lanudas. A menos que ele queira dizer que elas têm grana. Ovelhas ricas. Mas duvido.

— E quando as filhas de Walt Whitman *deixam* suas naus *bicudas*?

— A mesma coisa: pra rimar. Tanto faz que elas subam nas suas naus bicudas ou que afundem suas naus bicudas, como Hernán Cortés.

— Olhe, eu vejo assim. Walt Whitman é a América. "As filhas de Walt Whitman têm as bolas peludas" se refere às amazonas ou aos anjos, primeiros habitantes do continente. O segundo verso, o das ovelhas lanudas, quer dizer que as amazonas esqueceram sua natureza e se misturaram com o novo rebanho, a imigração europeia, e que ainda por cima têm ouro: dinheiro ou sabedoria. O terceiro verso, quando as filhas de Walt Whitman deixam suas naus bicudas, se refere à chegada das amazonas à América. Ao apontar Hernán Cortés, inconscientemente e de forma oblíqua, você acerta na mosca. O quarto e o quinto, comendo peitos de peru, sugere, não, afirma, que as amazonas desceram à Terra devorando, eu diria até que *devorando despreocupadamente*, seus pais, os Deuses do Céu.

— Você me pegou, Macaduck.

— Na verdade, os fatos narrados no poema não estão em ordem cronológica. Se nós o lêssemos assim, outro galo cantaria na nossa cachola:

As filhas de Walt Whitman deixam suas naus bicudas
Comendo peitos
De peru
As filhas de Walt Whitman têm as bolas peludas
As filhas de Walt Whitman são umas ovelhas lanudas

E ainda melhor: intercalar o advérbio agora. As filhas de Walt Whitman agora (no tempo atual, tempo de luta e destruição) são umas ovelhas forradas (camuflam-se complacentes com os trabalhadores saudáveis, com as mães de família saudáveis). E o *pavo*, o peru, como você com certeza sabe, em algumas culturas é sinônimo de soberania, de riqueza e poder... Tanto na Europa como na América o peru encarna o pai...

— Eu sempre achei que as crianças meio abobadas é que eram chamadas de *pavos*. Na escola, por um tempo, me chamaram assim.

— Isso também é verdade, como contrainformação. Queremos acreditar que os Deuses são estúpidos. Mas não levantamos um dedo sequer diante da sua ira. Só as amazonas foram capazes, durante um tempo, de comê-los...

— Então, segundo você, a mensagem oculta do poema é...

— Dá pra notar que você tirou zero em mitologia, Rigorín. As gatas em questão devoraram seus pais e desceram à Terra muito metidas, estufando o peito, até mesmo comendo!, consegue imaginar o filme? Como os comensais de *Vênus invade a Terra*, que estão jantando quando uma bomba de hidrogênio é lançada sobre San Francisco e eles vão até o terraço com asas de frango nas mãos, ou taças de vinho, e continuam mastigando ou bebendo enquanto ao longe o cogumelo atômico cresce, você viu?

— Vi.

— Pois é igualzinho. As amazonas saem das suas naus com a tranquilidade da vitória, a paz que entra no corpo por todos os poros quando o suor seca e tudo acabou. Chegam, veem e vencem. No entanto, no mero fato de o poeta (especialmente o poeta Carlos Ramírez) testemunhar a chegada está oculta, em germe, a promessa da sua destruição.

— A destruição de quem?

— Ora, das amazonas, cara.

— E por quê? Por que vai destruí-las?

— Já vou dizer, mas não grite. Eu poderia citar pra você uns sessenta livros de psicologia. Mas vou ser preciso e claro: o sujeito tem um problema com as mulheres...

— Ah, é só isso...

— Não, não é só isso. Eu diria que tem músculos. O filho da puta, se me permite a licença poética, é um remador do acaso...

Cherniakovski mostra duas imagens da Índia na oficina de poesia da Universidad de Concepción, 1972

As fotos pertencem a dois fotógrafos, a dois livros e a duas vontades de olhar a Índia. Algumas foram tiradas por Frederic Chester, inglês, e pertencem ao livro *A fonte da raça ariana*. As outras são de Eduardo *Lorito* Lozano, fotógrafo argentino, e ilustram o livro da dra. Amalfitano, *Las castas secretas*. Acho que se complementam, ainda que a complementaridade se dê numa esfera selvagem, cheia de espelhos e de calor. Os rostos, no entanto, são nobres e indiferentes, como se soubessem de algo que não sabemos. Como se aceitassem, quero crer que após uma luta milenar, algo que nós provavelmente não aceitaríamos. O rosto de Cherniakovski estava transtornado... Lembro que era inverno e que chovia a cântaros. Na oficina estavam as irmãs Pons, Javier Oyarzún, Fuenzalida e eu, conversando sobre Rilke. Cherniakovski chegou dez minutos atrasado. Trazia nas mãos um projetor de slides. O projetor e ele estavam molhados. Sem se secar, ele ligou o projetor e os slides começaram a passar. Não foi preciso fechar todas as cortinas: o céu estava carregado de nuvens baixas e negras. A água escorria pelas janelas. Esse é um brâmane, disse Cherniakovski. A fotografia de um homem de cabelos brancos e barba branca, pele escura, olhos escuros, lábios entreabertos, como se estivesse dirigindo a palavra ao homem que está do outro lado da lente. Cherniakovski fungou. Sucederam-se fotografias de aldeias e cidades, embora fosse difícil definir quais eram as aldeias e quais as cidades. Meninos de calças curtas, Talcahuano, disse Javier Oyarzún. Procurei na semipenumbra o rosto de Cherniakovski. Estava muito sério e seus olhos não conseguiam se afastar da tela. O brâmane, murmurou Cherniakovski. Vimos de novo o velho da barba branca, agora sentado sobre uma pedra. Depois um ônibus vermelho, com listras brancas, totalmente lotado, e a figura de um deus numa ermida do caminho. Os olhos do deus eram verdes. O projetor fazia um som de liquidificador, e entre uma foto e outra a tela permanecia em branco: um pedaço de parede estranhamente iluminado. Alguns acenderam cigarros. Cherniakovski disse: esse é um brâmane, sabem o que ele está fazendo? O tom usado para formular a pergunta incompreensivelmente conseguiu nos estremecer. Era como se a chuva estivesse dentro da oficina. Quando fomos observá-la, a foto já tinha passado. Bis, disse Javier Oyarzún, mas já estavam aparecendo outros instantâneos das ruas e dos habitantes daquela cidade. Indianos comendo nos mercados, velhas com banquinhas no chão, mendigos de Ray-Ban preto. Lá fora a chuva literalmente fustigava as paredes. Na tela apareceu um caminho, o velho brâmane e a sombra do fotógrafo. Depois outra foto, mais próxima, o brâmane olhando de soslaio para a objetiva, com um sorriso de desculpas. Na seguinte, o brâmane dava as costas para o fotógrafo e se afastava em direção a uma cidade que se adivinhava no horizonte. Mal dava para ver a cidade e o ar era sujo, estourado pela fumaça e pela neblina. Seguiam-se cinco ou seis slides até que o velho desaparecia numa curva. Cherniakovski tossiu. O que o brâmane está fazendo?, disse. Depois de trocar opiniões, só conseguimos chegar à conclusão de que o brâmane estava caminhando em direção a uma cidade. Calcutá?, disse Javier Oyarzún. Bombaim, disse Cherniakovski. E o velho não está caminhando, apenas, ele olha constantemente para o chão. Por quê? Para não matar. Nem uma formiga. Por isso, quando viaja a pé, e parece que esses santos só viajam a pé, embora eu não possa garantir isso, a viagem demora tanto. Uma distância de vinte quilômetros pode se prolongar pelo espaço de quatro dias, mas eles não se importam com isso. Esse indivíduo preferiria morrer a machucar uma borboleta. Agora vejam isto. Suspiramos e voltamos a fixar a vista na tela. Definitivamente, estávamos melhor com Rilke. Um quarto na Índia. Velas acesas e rostos que emergem da escuridão como de uma piscina negra, sorrindo para a câmera. Mulheres? Não, homens vestidos com sáris e com os olhos pintados. Travestis, disse Javier Oyarzún. Eunucos, ouviu-se a voz de Cherniakovski, do fundo da sala. Olhei para ele. Seus olhos pendiam, fascinados, do feixe de luz. Os eunucos celebravam uma festa. Num canto do quarto, um menino. Está nu. Um homem de cabelos longos e brancos amarra seus pequenos testículos com um lacinho amarelo. Cherniakovski deixou que a luz branca se instalasse na parede. Agora vão emasculá-lo, disse. A operação é feita pelo guru dos eunucos. Vimos o rosto magro do menino. Uns dez anos, talvez onze. Magrinho e sorridente. E Gabriela Mistral está morta, ouvimos a voz suave e perigosíssima de Cherniakovski. Sobre esse particular, devo insistir: a voz era tão letal quanto um bumerangue afiado, e tão real que baixei a cabeça. De onde você tirou essas fotos, porra?, perguntou com horror Javier Oyarzún, reclinando a cadeira para trás. Cherniakovski não respondeu. Acendeu um cigarro e se sentou numa das muitas cadeiras vazias. O projetor continuou funcionando sozinho. O retinir de liquidificador pouco a pouco foi de novo absorvido pelo barulho da chuva. A chuva parecia dizer: vão para a rua e aproveitem sua juventude. Indianos caminhando, trabalhando, comendo, dormindo, mas sobretudo indianos caminhando. Como se as fotos estivessem presas... Com a cabeça ardendo, olhei para a tela pela última vez. Tive a impressão de ver Juan Cherniakovski, ali, dentro da foto, muito sujo e com o cabelo mais comprido, fumando um cigarro e caminhando em meio à multidão. Mas decerto era só outro indiano.

Conferência de Bibiano Macaduck no Club de los Cortapalos de Concepción

Quando a guerra acabou, Cherniakovski foi para outro país. Imagino que buscasse aventuras ou descanso, ou tirar de vez da cabeça as imagens da alucinação. O fato é que ele foi para uma dessas cidades latino-americanas que, com tanto empenho, simulam o inferno. Havia de tudo: pistoleiros, mendigos, putas, exploração de crianças, o que se quisesse. Cherniakovski se instalou na casa de um jornalista. Naquela época, claro, o nome dele era diferente. Digamos que se chamava Víctor Díaz. No começo, viveu com certa tranquilidade. Talvez a tranquilidade se devesse ao fato de que ele não saía. Víctor Díaz era um sujeito caseiro, que acordava tarde, depois da uma, fazia ele mesmo seu cafezinho e levava o tempo que fosse preciso para tomá-lo. Segundo o jornalista, Víctor Díaz escrevia poemas, bem pouquinhos, de poucos versos, mas sem dúvida muito polidos, como era regra entre seus velhos colegas de Concepción. Os nascidos na década de 1940 escreviam poemas breves. Os nascidos nos anos 1950, poemas rios. Os nascidos nos 1960, encefalogramas planos. Rarará, brincadeira. Bem: Víctor Díaz voltava a escrever poeminhas e só saía da casa do jornalista para comprar comida e coisas afins. Até que, uma noite, topou sair para farrear com alguns amigos (amigos do jornalista) e conheceu a zona vermelha. Um azar. Seus olhos, que pareciam ter se suavizado na solidão e na paz, voltaram a se aguçar. Seu corpo inteiro se iluminou depois daquela primeira noite. Repetiu a incursão, dessa vez sozinho, na semana seguinte. E em todas as noites que se seguiram àquela. Segundo o jornalista, Víctor Díaz estava querendo ser crivado de punhaladas ou balas, mas vocês e eu sabemos que Cherniakovski era mesmo um osso duro de roer. Que sorte que o viadão tinha! Resultado: virou amante de uma puta de quinze ou dezesseis anos. A puta tinha um irmãozinho de doze. Os chefes da prostituição da zona vermelha queriam vender o fedelho. Aqui não está claro se queriam vendê-lo como puto ou como carne fresca para transplante de órgãos. As duas atividades são lucrativas. Víctor Díaz sorveu toda a informação fornecida por sua amante como um viciado com síndrome de abstinência. Há homens, dou minha palavra de honra, que têm uma capacidade misteriosa, até sobrenatural, de conseguir qualquer tipo de arma em qualquer tipo de situação. Víctor Díaz era um desses. Certa noite, apareceu com uma Parabellum espanhola e apagou dois figurões e três guarda-costas. O sangue o deixava louco. Enfim, outras versões indicam que só matou um. E a intuição desse conferencista se apoia em outro ponto: o morto era pai da puta, não do irmãozinho. Em todo caso, houve um crime. Houve sangue. E tudo teria acabado numa das típicas catástrofes do trópico se não fosse pela mulher dessa história. Agradeçamos aos anjos que a puta adolescente era muito mais razoável e preparada do que qualquer um poderia imaginar, pois do contrário Víctor Díaz estaria morto. Ainda que sobre esse ponto todos tenhamos várias dúvidas. Bem: a putinha o escondeu e é de se supor que, mais cedo ou mais tarde, eles saíram do país. A puta, seu irmãozinho e

Víctor Díaz. Ele tinha contatos e parece que seus companheiros estavam a postos. Os três viajaram para algum país europeu. Víctor Díaz se casou com sua amante adolescente? O irmãozinho foi para a escola, se integrou àquela cultura estranha e extraordinária? Aprendeu a falar francês, inglês ou alemão? Em que consistiu a vitória de Víctor Díaz, em instalá-los num subúrbio do Desenvolvimento? Nunca poderemos responder, de forma fidedigna, a essas perguntas. Víctor Díaz os acomodou e, depois de um tempo, foi-se embora de novo. O Terrorismo Internacional reivindicava nosso compatriota para outras tarefas…

Conferência de Bibiano Macaduck no Club de los Cortapalos de Concepción (2)

Falei de um menino e de um sacrifício. Sacrifício no sentido comercial da palavra. Acho que agora devo acrescentar algumas coisas. A rede de tráfico de crianças para transplantes de órgãos se estendeu pela América Latina mais ou menos na mesma época em que Juan Cherniakovski ou Víctor Díaz vagava pelos cenários bolivarianos com os olhos injetados de sangue. A imagem não é minha, como já devem ter percebido, mas de um jornal sensacionalista. Acho que a história transcorre como num desses teatros erroneamente chamados de vanguarda: numa noite artificial, Víctor Díaz, mais um em meio a uma legião de machos latino-americanos com calafrios e sonolentos, chega por acaso ao olho do matadouro. A cenografia é vermelha e as crianças deambulam num curral refrigerado à espera de seu destino. Que é voar legal ou clandestinamente rumo a clínicas particulares dos Estados Unidos ou do Canadá, em alguns casos rumo a clínicas do México, da Guatemala, de Porto Rico, e lá sofrerem intervenções cirúrgicas. É do conhecimento de todos (pois *El Mercurio*, de vez em quando, se encarrega de nos informar) que as filas dos que esperam um rim, um pâncreas, um coração costumam ser enormes. E então, se você pode pagar, e nos países da Democracia Real há dinheiro, é mais cômodo e principalmente mais seguro ser operado numa clínica particular como as já citadas. A rede é dirigida por profissionais e é eficiente. *Sempre* há material. Isso é importante se você é um engenheiro de San Francisco e precisa de um fígado imediatamente ou então acabou-se o que era doce. É importante se você é um bom pai e sabe que se não fizerem um transplante de coração em seu pequeno de seis anos em menos de quinze dias ele morrerá em seus braços. O amor, como se sabe, move montanhas e não repara em gastos. O amor por si mesmo ou o amor filial. A necessidade cria o mercado. E o mercado cresce e se aperfeiçoa. No teatro a que nos referimos, as crianças vagam entre avenidas deprimentes e palmeiras. Ao lado delas se desenrolam outras histórias não menos sanguinárias, mas o acaso, que é como o Diabo e junta o alfa com o ômega, quis que Víctor Díaz, que em outros tempos, quando não era Víctor Díaz, gostava dos versos de Gabriela Mistral, submergisse nesse horror. A cenografia é vermelha, e entre as palmeiras se movem os chefões e os bandos de crápulas. Rameiras espantosas, como a bruxa de *João e Maria*, fazem o papel de fiscais de saúde. As crianças mendigas, as crianças de rua, constituem a matéria-prima de uso corrente. São relativamente fáceis de pegar e poucos reparam em sua ausência, mas têm um inconveniente, que as equipes médicas das diversas clínicas enfatizam energicamente: nem sempre são saudáveis, seus órgãos costumam estar fracos ou danificados. Os gângsteres cavilam na terra de Bolívar e San Martín, e após os cenáculos as ordens cruzam o teatro com a velocidade que só os comerciantes aplicados conseguem imprimir. Sob as palmeiras, quando um sol de papel acetinado, imitação perfeita de um sol de Siqueiros, se põe sobre os terraços mais tristes da Terra, os janízaros se dedicam a roubar crianças mais bem cuidadas. Falando cinematograficamente, passam de *Os esquecidos*, de Buñuel, a qualquer filme de Joselito. Não são crianças de classe média, obviamente, e sim filhos de trabalhadores. Aliás, para que os olhos de Víctor Díaz explodam como bombas de nêutrons, diremos que são filhos de *trabalhadoras*. Costureiras, operárias do calçado, garçonetes, professoras, uma ou outra puta com coração de ouro. O negócio prospera a passos gigantes. No âmbito dos palmeirais e além, todos sabem de sua existência e falam dele, de vez em quando, por baixo dos panos. Publicamente, ninguém diz esta boca é minha, ou estes olhos são meus. (As autoridades *criollas* respondem adequadamente tapando as orelhas.) Como os três macaquinhos, como a versão em desenho animado dos três macaquinhos de Harman e Ising. Ou pior, se é que isso cabe. A imprensa deleita os cidadãos bem informados com as intimidades do tráfico de drogas e do tráfico de armas, que se desenrola como numa pintura flamenca, no primeiro plano do quadro, enquanto no fundo uma fila de crianças vai sendo embarcada rumo ao matadouro. (Para maiores informações, recomendo a leitura do poema de Auden, aquele que começa assim: *About suffering they were never wrong,/ The Old Masters: how well they understood/ Its human position; how it takes place/ While someone else is eating or opening a window or just walking dully along*... etc. etc., embora eu suponha que vocês, como bons chilenos, com Auden nada feito.) O silêncio, dizia, é quase total. De vez em quando sai alguma notícia, mas não em jornais nem na tevê, só em revistas, como aquelas histórias sobre discos voadores. Sabemos de sua existência, mas a realidade é tão dura que preferimos ignorá-la. Assim caminha a humanidade. Primeiro achamos pavoroso o ataque numa rua abandonada e, pior ainda, o roubo com arrombamento, mas acabamos aceitando. Passamos do assassinato perfeito ao campo de concentração e à bomba atômica. Nosso estômago parece de aço, mas ainda não somos capazes de digerir o canibalismo infanticida, apesar dos conselhos de Swift e de Dupleix. No fim, vamos acabar admitindo, mas ainda não. Enquanto isso, o negócio prospera sob os palmeirais e o sol de Siqueiros sobe e desce como um mandril louco. As bruxas realçam suas verrugas com maquiagem francesa. Os receptadores de crianças jogam baralho e manuseiam as partes pudendas como Narcisos degenerados, pais e irmãos nossos. Víctor Díaz se apaixona por uma putinha adolescente (ele, que antes preferia o afeto dos homens) e abraça o Terror. Sua fórmula é expressa enquanto o pano cai: se o Paraíso, para ser Paraíso, propicia um vasto Inferno, o dever do Poeta é transformar o Paraíso em Inferno. Víctor Díaz e Jesus Cristo começam a queimar os palmeirais.

Sobre os eventos ocorridos na madrugada de 13 de dezembro, 1988, na estação de Perpignan

Monsieur Benoît Hernández, quarenta e três anos, casado, natural de Avignon, que nas datas dos autos se encontrava em Perpignan em função do ofício que desempenha, prova documentalmente ser representante de vinhos da casa Peyrade, de Marselha, sem antecedentes criminais.

Na noite de 12 para 13 de dezembro, M. Hernández jantou com M. Patrick Monardes, com quem pretendia finalizar a compra de cento e quarenta caixas de vinho Gran Reserva XXX da Cooperativa Vitivinícola de Port-Vendres; anexa-se a declaração de M. Monardes corroborando o dito anteriormente e se ressalta que a casa Peyrade mantém relações comerciais com a Cooperativa de Port-Vendres há cinco anos.

M. Hernández e M. Monardes jantaram no restaurante Coelho, de onde M. Monardes é frequentador assíduo, sendo bem conhecido tanto pelo dono como pelos funcionários. Anexa-se declaração de M. Coelho, do garçom que serviu M. Monardes e M. Hernández, e do cozinheiro que os mencionados Monardes e Hernández visitaram em duas ocasiões (ou seja: entraram na cozinha), entusiasmados com a qualidade e a originalidade dos pratos e também um pouco inebriados pelo vinho ingerido.

Terminado o jantar, dirigiram-se à discoteca da moda El Reloj de Cuero, situada no centro de nossa cidade. No referido estabelecimento, M. Monardes e M. Hernández permaneceram até as cinco da manhã, aproximadamente, embora nenhum dos dois seja capaz de precisar a hora exata. Anexa-se declaração de Jean-Marc Rivette, garçom do El Reloj de Cuero, que afirma ter servido bebidas alcoólicas a M. Monardes, que conhecia anteriormente aos autos, e a um acompanhante masculino de M. Monardes, com toda certeza M. Hernández. Em sua declaração, Jean-Marc Rivette alude ter visto Monardes e Hernández dançando na pista central do El Reloj de Cuero em companhia de duas mulheres. Interrogados sobre esse ponto, Monardes e Hernández negam ter dançado em algum momento, o que faz supor que Rivette os confundiu ou que Monardes e Hernández dançaram com tal grau de intoxicação etílica que agora são incapazes de lembrar.

Da discoteca El Reloj de Cuero M. Hernández e M. Monardes se transladaram até a moradia deste último a bordo de um táxi, já que prudentemente não se atreveram a pegar o carro de M. Monardes, estacionado a duas ruas da discoteca. O taxista Ahmed Filali confirma que pegou uma corrida às portas do El Reloj de Cuero, mas se mostra relutante em precisar a hora com confiabilidade, situando-a entre as quatro e as cinco da manhã. Anexa-se declaração e, de passagem, ressalta-se que o supracitado taxista descumpriu a obrigação de registrar o horário e o destino da corrida...

Sobre os eventos ocorridos na madrugada de 13 de dezembro, 1988, na estação de Perpignan (2)

Uma vez transportados à casa de M. Monardes, M. Hernández pagou e dispensou o táxi. A esposa e a filha de M. Monardes não o ouviram chegar. M. Monardes afirma que M. Hernández o acompanhou até o elevador (a residência de M. Monardes fica no terceiro andar), negando-se a subir com ele, apesar dos insistentes convites. A esposa de M. Monardes encontrou o marido dormindo no quarto de hóspedes, às sete da manhã, quando se levantou para preparar o café. M. Monardes, de hábitos noturnos não exatamente regrados, costuma dormir no mencionado quarto quando chega com umas doses a mais.

Depois de deixar M. Monardes são e salvo, em vez de pegar um táxi e ir para seu hotel, M. Hernández resolveu dar um passeio pelas ruas de nossa cidade. Aqui devemos notar que o hotel de M. Hernández se encontra a menos de cem metros da estação. Não é de estranhar, portanto, que o passeio de M. Hernández tenha terminado em suas proximidades.

Ao chegar a esse ponto, a declaração de M. Hernández se torna menos precisa, cheia de lacunas e hesitações. Como homem acostumado a beber, M. Hernández sabia que um passeio de madrugada contribui para dissipar da cabeça os vapores etílicos, principalmente se as horas de sono não forem as costumeiras. Na agenda de M. Hernández consta que ele deveria deixar Perpignan às onze da manhã, em direção a Bordeaux, onde esperava fechar outro acordo comercial com produtores de vinho da região. A viagem, como de hábito, seria feita no mesmo veículo com o qual chegara a Perpignan, ou seja, seu próprio carro. Até aqui, tudo de acordo.

O que o fez entrar no recinto propriamente dito da estação? M. Hernández sugere que ainda não estava com sono e que o frio da madrugada convidava a uma xícara de café quente. O único local aberto a uma hora tão prematura, inferiu, devia ser o restaurante da estação, e para lá dirigiu seus passos.

Os acessos principais da estação estavam fechados. Mas não os acessos laterais, tanto o que leva à agência dos Correios e a outras dependências como o que se comunica com as plataformas. M. Hernández não se lembra de qual dos dois escolheu, embora seja possível deduzir que tenha escolhido o que leva à agência dos Correios. M. Hernández se lembra de ter visto dois malotes de correspondência no corredor, mas nenhum funcionário. O gerente da agência dos Correios, André Lebel, confirma isso. A essa hora os funcionários, o já mencionado Lebel e Pascal Lebrun, estavam no escritório dos correios entregues a tarefas de classificação, e é possível que algum malote vazio tivesse ficado esquecido no corredor. Malotes à parte, a única coisa certa é que ninguém viu nem foi visto por M. Hernández enquanto ele entrava na estação.

A passagem de M. Hernández pelas plataformas foi breve. Procurava o restaurante e o encontrou fechado. A partir desse momento, M. Hernández confessa que começou a sentir uma inquietação crescente. Houve algo no restaurante ou nas plataformas que propiciasse essa inquietação? Será que M. Hernández teve medo por ser a única pessoa na estação e, portanto, uma vítima propícia para um assalto ou outra agressão? Interrogado a respeito, M. Hernández respondeu que em nenhum momento lhe passou pela cabeça a possibilidade de um assalto, muito menos a contingência de ser a única pessoa na estação. É sabido, segundo M. Hernández, que as estações nunca ficam vazias. A hora prematura e o frio levavam facilmente a supor que os funcionários estavam encerrados em seus respectivos cubículos. O que causou, então, a declarada inquietação de M. Hernández? O fato de encontrar o restaurante fechado nos é oferecido como a única resposta.

Pois bem, o restaurante não estava fechado. M. Hernández chegou a essa conclusão quando não viu luzes acesas em seu interior, mas se tivesse empurrado a porta teria percebido seu erro. (M. Hernández não lembra se a porta estava aberta ou fechada ou se tentou abri-la, e admite que é possível que tenha suposto que o restaurante estava fechado só por causa das luzes apagadas; por causa das luzes e porque não havia lá vivalma, nem no balcão, nem atrás do balcão, nem nas mesas.)

O gerente do restaurante, M. Jean-Marcel Vilar, naquele momento se encontrava na cozinha, junto com uma mulher da limpeza e de um dos vigilantes da estação. Nenhum deles se lembra de ter visto ou ouvido algo. A porta da cozinha estava fechada, segundo M. Vilar, por causa do frio da manhã. A cozinha é um cômodo comprido, sem janelas, com dois respiradouros, isolada do resto do restaurante. Não obstante, se a luz estava acesa na cozinha, o que parece fora de dúvida, M. Hernández deveria tê-la visto do outro lado dos vidros. (Em sua declaração, M. Hernández assegura não ter visto nenhuma luz no interior do restaurante.) A mulher da limpeza, Aline Darcy, dezoito anos, detida duas vezes por tráfico de drogas, ela própria viciada em drogas, atualmente em processo de desintoxicação, tem sua própria versão do motivo pelo qual M. Hernández não viu nenhuma luz proveniente da cozinha. Segundo ela, nesse momento eram iluminados por uma vela, por desejo expresso de M. Vilar, que dessa forma economizava energia. Interrogados a respeito, M. Vilar e o vigilante negaram peremptoriamente essas afirmações. Ressaltamos que, à margem da investigação, Aline Darcy exibia, dois dias depois da data dos autos, contusões e hematomas nos braços e nas costas. As manchas roxas não eram resultantes de injeções mal aplicadas, parecendo se dever mais a beliscões ou a pancadas...

De Lola Fontfreda para Rigoberto Belano

Sou catalã. Sou ateia. Não acredito em fantasmas. Mas ontem Fernando me visitou em sonhos. Ele se aproximou de minha cama e me pediu que cuidasse da criança. Pediu perdão por não deixar nada para mim. Pediu perdão por não me amar. Não. Pediu perdão por ter me amado menos do que aos livros. Mas a criança redimia essa falta, disse ele, pois ele a amava mais do que qualquer outra coisa. Didac e Eric. Na verdade, ele disse: as crianças, e então podia estar se referindo a todas as crianças do mundo, não só a seus filhos. Depois se levantou e foi para outro cômodo. Eu o segui até lá. Era um quarto de hospital. Fernando tirou a roupa e se enfiou numa das camas. As outras estavam vazias, mas com os lençóis revirados e, em alguns casos, visivelmente sujos. Eu me aproximei da cama de Fernando e segurei sua mão. Sorrimos. Estou ardendo, disse, toque minha testa, estou com quanto de febre? Quarenta e dois, respondi, não sei por quê, já que eu não tinha como medir sua temperatura. Você é de uma exatidão espantosa, disse ele, mas agora precisa ir embora. Pensei que ele estivesse me confundindo com a sueca. Quando saí, caí no choro. Acho que Fernando também estava chorando. Daqui a gente volta para onde quiser, disse ele, por favor não entre. Saí e me sentei numa cadeira no corredor. Não havia enfermeiras, nem médicos, nem familiares de pacientes em nenhum lugar. Pouco depois, senti os gritos de Fernando. Eram gritos atrozes, seguidos de assovios, e eu não conseguia suportar, mas não me movi. Fernando gritava com toda a sua alma, gritos às vezes agudos, às vezes roucos, como se estivessem queimando sua garganta. Parecia estar pedindo água. Parecia estar tocando o gado. Parecia estar assobiando uma música... Daí eu acordei. Estava tremendo e encharcada de suor. Levei um tempo para perceber que também estava chorando. Como estava sem sono, resolvi escrever estas linhas. Agora acho que devo mandá-las a você.

SEPULCROS DE CAUBÓIS

1. O aeroporto

Meu nome é Arturo e a primeira vez que vi um aeroporto foi em 1968. Em novembro ou dezembro, talvez nos últimos dias de outubro. Eu tinha quinze anos na época, e não sabia se era chileno ou mexicano, mas também não ligava muito para isso. Íamos para o México nos encontrar com meu pai.

Tentamos sair em duas ocasiões, na primeira foi impossível e na segunda conseguimos. Na primeira, enquanto minha mãe e minha irmã conversavam com minha avó e com duas ou três pessoas de cujo rosto me esqueci completamente, um desconhecido se aproximou e me deu um livro. Sei que olhei para o rosto dele, de baixo para cima, porque ele era muito alto e muito magro, e que sorriu para mim e com um gesto (em nenhum momento disse uma única palavra) me convidou a aceitar seu inesperado presente. Também me esqueci de seu rosto. Tinha os olhos brilhantes (embora, às vezes, ele me venha à memória com uns óculos escuros que velavam não só seus olhos, como grande parte do rosto) e uma cara lisa, com a pele esticada desde as orelhas, imaculadamente barbeada. Depois o sujeito foi embora e eu me lembro de estar sentado em cima de uma das malas lendo o livro. Era um manual sobre aeroportos civis do mundo inteiro. Ali eu soube que um aeroporto tem hangares que são alugados a diferentes linhas aéreas para estacionamento e manutenção, terminais de passageiros conectados por pontes de embarque aos estacionamentos de aviões, um escritório meteorológico, uma torre de controle, geralmente de mais de trinta e cinco metros de altura, serviços de emergência instalados em unidades especiais na pista de pouso e controlados pela torre, uma biruta que é um guia visual para medir a direção do vento, e que quando fica horizontal indica que a velocidade é de vinte e cinco a trinta nós, um edifício de operações de voo que contém os escritórios centrais de planejamento de voo, um centro de carga, lojas, restaurantes e um posto policial, onde não era incomum encontrar um ou mais agentes da Interpol. Depois nos despedimos das pessoas que tinham ido se despedir de nós e fomos para a fila de embarque. Eu levava o livro no bolso da jaqueta. Então uma voz disse o nome de minha mãe pelo alto-falante. Acho que o aeroporto inteiro ouviu. A fila parou e os futuros passageiros se olharam, procurando entre eles a mulher que estava sendo procurada. Eu também olhei, procurando, mas eu sabia quem procurar e olhei diretamente para minha mãe, e ainda hoje, ao escrever isso, me envergonho de tê-lo feito. A reação de minha mãe, aliás, foi bastante singular: ela se fez de desentendida e chegou a me olhar, também, procurando aquela que estavam procurando, mas menos do que os outros passageiros do voo Santiago-Lima-Quito-México DF. Por um momento, pensei que ia conseguir o que queria, que se não aceitasse o inevitável o inevitável não aconteceria, que era só continuar avançando rumo ao avião, ignorando a requisição do megafone, para que a voz se cansasse de procurá-la ou continuasse procurando quando já estivéssemos voando para o México. Então a voz a chamou de novo e, dessa vez, junto com seu nome, mencionou o de minha irmã (que primeiro empalideceu e depois ficou vermelha como um tomate) e o meu. Acho que ao longe, do outro lado da fila de embarque, separada por alguns vidros, vi minha avó, que nos fazia sinais com o rosto angustiado ou congestionado e que apontava, não sei por quê, para o relógio no pulso esquerdo, como se indicasse que tínhamos o tempo justo ou, talvez, que nosso tempo já havia acabado. Depois apareceram dois agentes da Interpol e nos pediram, sem muita amabilidade, para segui-los. Minha mãe, momentos antes, tinha dito para nós calma, crianças, e quando tivemos de seguir os policiais ela repetiu isso enquanto perguntava (aparentemente aos policiais que nos escoltavam, mas de fato a ninguém em particular) mas que escândalo era esse, e cuidado para não atrasá-la que íamos perder o avião. Minha mãe era assim.

Minha mãe era chilena e meu pai, mexicano, e eu tinha nascido e vivido no Chile a vida inteira. Me mudar de minha casa para a casa de meu pai provavelmente me dava mais medo do que eu estava disposto a admitir. Além do mais, estava deixando muita coisa por fazer. Tentei ver Nicanor Parra antes de partir. Tentei fazer amor com Mónica Vargas. Me lembro disso agora e meus dentes rangem, ou talvez eu só me lembre de mim mesmo e me veja rangendo os dentes. Naquela época, os aviões eram um perigo, e ao mesmo tempo a grande aventura, a viagem real, mas eu não tinha nenhuma opinião a esse respeito. Nenhum de meus professores tinha viajado de avião. Nenhum de meus colegas de classe. Alguns tinham feito amor pela primeira vez, mas nenhum tinha voado. Minha mãe costumava nos dizer que o México era um país maravilhoso. Até então, sempre tínhamos morado em pequenas capitais de província do sul do Chile. Santiago, onde estivemos por alguns dias antes de fazer a viagem, me parecia uma megacidade de sonho e pesadelo. Espere para conhecer a Cidade do México, dizia minha mãe. Às vezes, eu imitava o modo de falar dos mexicanos, imitava o modo de falar de meu pai (embora a duras penas me lembrasse da voz dele) e dos personagens que apareciam nos filmes mexicanos. Imitava Enrique Guzmán e Miguel Aceves Mejía. Minha mãe e minha irmã riam, e assim matávamos o tempo em algumas intermináveis tardes de inverno, mas, invariavelmente, no fim isso já não me parecia tão engraçado como no início, e eu acabava fugindo sem dizer para onde ia. Gostava de passear no campo. Uma vez tive um cavalo. Seu nome era Zafarrancho. Meu pai mandou o dinheiro para que o comprassem para mim. Já não lembro onde morávamos na época, talvez em Osorno, talvez nos arredores de Llanquihue. Lembro que tínhamos um pátio com uma meia-água, que era usada como oficina pelo antigo inquilino, e que preparamos ali uma espécie de estábulo para meu cavalo. Tínhamos galinhas, dois gansos e um cachorro, o Duque, que logo se tornou amigo íntimo de Zafarrancho. Em todo caso, sempre que eu saía a cavalo minha mãe ou Celestina diziam: leve o Duque, ele vai proteger você e proteger seu cavalo. Durante muito tempo (durante quase toda a minha vida) eu não soube o que elas queriam dizer ou interpretei mal suas palavras, o Duque era um cachorro grande, mas mesmo assim era menor do que eu e muito menor do que meu cavalo. Era do tamanho de um pastor-alemão (embora estivesse longe de ser um cão de raça), era branco com manchas de um marrom-claro e tinha orelhas caídas. Às vezes, desaparecia da casa por vários dias, e então minha mãe me proibia terminantemente de sair a cavalo. Depois de três ou quatro dias, no máximo, ele voltava mais magro do que nunca, com um olhar bovino e com tanta sede que era capaz de beber meio balde de água. Há pouco tempo, durante um bombardeio noturno, que no fim não passou de uma escaramuça, sonhei com Duque e com Zafarrancho. Os dois estavam mortos, e eu sabia. Duque, Zafarrancho, eu dizia, só venham dormir aqui comigo, tem lugar de sobra. Na minha voz do sonho (entendi isso de imediato, sem acordar) eu estava imitando o sotaque chileno como antes imitava o sotaque dos filmes mexicanos. Mas eu não me importava. O que me importava era que meu cachorro e meu cavalo entrassem no meu quarto, sem que eu os obrigasse, e passassem a noite comigo.

Minha mãe era uma mulher bonita. Lia muito. Aos dez anos eu achava que ela era a pessoa que mais tinha lido no lugar onde morávamos, onde quer que ele fosse, mas na verdade ela nunca teve mais de cinquenta livros e gostava mesmo era de revistas esotéricas ou de moda. Comprava os livros por correspondência, e acho que foi assim (não vejo de que outra maneira poderia ter sido) que chegou à minha casa o livro de Nicanor Parra, *Poemas y antipoemas*. Suponho que alguém, ao embalar os livros para minha mãe, o tenha metido ali por engano. Lá em casa, o único poeta que se lia era Pablo Neruda, então o livro ficou comigo. Minha mãe costumava recitar para nós (antes ou depois de minhas imitações mexicanas) os vinte poemas de amor de Neruda, e às vezes nós três acabávamos chorando, e às vezes, não muitas, reconheço, eu ficava vermelho e dava um grito e fugia pela janela, totalmente enjoado e com vontade de vomitar. Lembro que minha mãe recitava igual a uma declamadora uruguaia que ela uma vez ouviu no rádio. A declamadora se chamava Alcira Soust Scaffo e, do mesmo modo que eu imitava os mexicanos, minha mãe tentava imitar a voz da Soust Scaffo, capaz de passar dos agudos de angústia aos baixos de veludo mais rápido do que um raio. Minha irmã, não querendo ficar para trás, imitava Marisol em algumas noites de pesadelo. Às vezes, penso no Chile e acho que todos os chilenos, pelo menos os que estavam vivos e eram mais ou menos conscientes na década de 1960, bem lá no fundo queriam ser imitadores. Lembro que um humorista ficou famoso com uma imitação de Batman e Robin.

Lembro que eu colecionava os quadrinhos de Batman e Robin e que a imitação me pareceu sacrílega e grosseira, mas que eu ria do mesmo jeito e que depois, pensando melhor, já não me parecia tão sacrílega e grosseira assim, só mais triste. Uma vez Alcira Soust Scaffo passou por Cauquenes ou por Temuco, ou por onde estávamos morando, uma etapa a mais de uma longa turnê que ela fazia pelos teatros do Sul do país, e minha mãe nos levou para vê-la. Estava muito velha (ainda que nos escassos cartazes de divulgação que vimos pendurados na Plaza de Armas e na prefeitura ela estivesse jovem e séria, com um penteado que provavelmente era moda nos anos 1940) e tinha uma voz, ouvida ao vivo, sem a benevolente mediação do rádio, que me deixou nervoso desde o primeiro momento. O sarau poético, ainda não sei por quê, talvez por motivos de saúde, teve de ser interrompido em várias ocasiões. Depois de cada interrupção, Alcira Soust Scaffo voltava ao palco dando gargalhadas. Minha mãe me contou que ela morreu logo depois, num manicômio de sua cidade natal. Minha aversão por Neruda vem dessa época. Naqueles tempos, eu era chamado de Mexicano no colégio. Às vezes era agradável ter esse apelido, mas às vezes parecia mais uma afronta. Eu preferia que me chamassem de Louco.

Minha mãe trabalhava muito. Não sei se fazia isso bem ou mal, mas o fato é que a cada dois ou três anos costumavam transferi-la de cargo e de província. Dessa forma, percorremos os departamentos de estatística (que muitas vezes era apenas um eufemismo para nomear seu próprio escritório, com frequência pequeno e desmantelado) de quase todos os hospitais do Sul do país. Era um ás da matemática. Quer dizer, minha mãe, não eu. Aliás, ela reconhecia isso: sou um ás da matemática, dizia sorrindo, mas com uma voz que parecia distante. Foi por causa da matemática que ela conheceu meu pai num curso de estatística acelerada (ou avançada, ou intensiva) que fez no México durante seis meses. Voltou para o Chile grávida, e um tempo depois eu nasci. Depois meu pai veio ao Chile para me conhecer, e quando foi embora minha mãe estava grávida de minha irmã. Eu nunca gostei de matemática. Gostava de viajar de trem, gostava de viajar de ônibus e de não dormir nunca, gostava de descobrir as casas novas em que íamos morar, mas não gostava dos novos colégios. Havia uma linha de ônibus que se chamava Vía-Sur e que descia pela estrada pan-americana até Puerto Montt. Quando eu era menino morei em Puerto Montt, mas já não me lembro de nada, talvez da chuva, também morei em Temuco, Valdivia, Los Ángeles, Osorno, Llanquihue, Cauquenes. Vi meu pai duas vezes, uma quando tinha oito anos e outra quando tinha doze. Segundo minha mãe, eu o vi quatro vezes, mas essas duas que esqueci devem ter sido quando eu era muito pequeno, e não lembro. Com certeza a Vía-Sur não existe mais ou mudou de nome. Também viajei numa linha de ônibus chamada Lit e numa que se chamava El 5 Jinete, e até numa que se chamava La Andina, e cujo logotipo era uma montanha ardendo, não um vulcão, como seria razoável supor, mas uma montanha ardendo. Toda vez que nos mudávamos meu pai nos seguia como um fantasma, de cidade em cidade, com suas cartas mal escritas, com suas promessas. É claro que minha mãe o viu mais de quatro vezes em quinze ou dezesseis anos. Uma vez ela viajou para o México e ficaram dois meses juntos, enquanto minha irmã e eu ficávamos aos cuidados de nossa empregada mapuche. Na época, morávamos em Llanquihue. Quando minha avó, que morava em Viña del Mar, soube que minha mãe, por orgulho, não quis nos deixar em sua casa, ficou quase um ano sem falar com ela. Minha avó pensava que meu pai era a encarnação do vício e da irresponsabilidade, e sempre se dirigia a ele chamando-o de *esse senhor mexicano* ou *esse sujeito mexicano*. No fim, minha avó perdoou minha mãe, pois, assim como pensava que meu pai era a encarnação do vício, sabia que minha mãe era a encarnação do fantasioso.

A empregada com a qual ficamos se chamava Celestina Maluenda e era originária de Santa Bárbara, na província de Bío-Bío. Por muitos anos, ela morou conosco, e seguiu minha mãe de província em província e de casa em casa até o dia em que a mãe decidiu que iríamos morar no México. E daí, o que aconteceu? Não sei, pode ser que minha mãe tenha pedido que ela fosse conosco para o México e Celestina não quis, pode ser que minha mãe tenha dito já deu, Celestina, acabou, nos vemos por aí, pode ser que Celestina tivesse seus próprios filhos ou netos de quem cuidar e pensasse que já era hora, pode ser que minha mãe não tivesse dinheiro para lhe comprar uma passagem para o México. Minha irmã gostava muito dela e chorou quando se despediu. Celestina não chorou: acariciou seu cabelo e disse se cuide bem. Nem sequer apertou minha mão. Nós nos olhamos de longe e ela murmurou alguma coisa entredentes, como era seu costume. Talvez tenha dito: cuide de sua irmã, Arturo. Ou talvez tenha me mandado à merda. Ou talvez tenha me desejado boa sorte.

Na época em que ficamos sozinhos com Celestina morávamos em Llanquihue, nos arredores, numa rua sem casas e ladeada por álamos e eucaliptos. Tínhamos uma espingarda que ninguém sabia quem havia trazido (embora eu suspeitasse que tivesse sido um amigo de minha mãe) e de noite, antes de ir para a cama, eu costumava fazer a ronda pela casa, cômodo por cômodo, porão incluído, com a espingarda a tiracolo e seguido por Celestina, que ia me iluminando os cantos com uma lanterna. Às vezes, eu me excedia na vigilância e saía para dar umas voltas pelo pátio e até me aventurava alguns metros pela rua escura. Chegava até o primeiro poste, a uma boa distância de casa, apenas na companhia de meu cão, e depois voltava. Celestina ficava na porta me esperando. Depois nós dois fumávamos um cigarro e íamos dormir. Eu sempre deixava a espingarda debaixo da cama. Uma tarde, no entanto, percebi que a espingarda estava descarregada. Quando perguntei a Celestina quem tinha roubado os cartuchos, ela respondeu que tinha sido ela, por precaução, para que eu não ferisse ninguém. Não percebe, falei, que uma espingarda descarregada não serve para nada? Serve para dar medo, disse Celestina. O incidente me tirou do sério e gritei e até chorei para que ela me devolvesse os cartuchos. Jure que você não vai matar ninguém, me disse Celestina. Você acha que sou um assassino?, respondi. Só atiraria em legítima defesa. Para proteger você e minha irmã. Não preciso que me protejam com uma espingarda, disse ela. E se uma noite aparece um assassino, como você pretende lidar com isso? Correndo, com sua irmã numa das mãos e o senhor na outra (Celestina às vezes me tratava informalmente, às vezes me tratava de senhor). No fim, acabei jurando e Celestina me devolveu os cartuchos. Depois de carregar a espingarda, disse a ela para pôr uma maçã na cabeça. Você faz mal em duvidar da minha pontaria, adverti-a. Celestina me olhou por um bom tempo sem dizer nada, com um olhar profundo e triste, e disse que nesse ritmo eu ia acabar virando um assassino. Eu não mato pássaros, falei. Não sou um caçador de merda. Eu não mato animais. Só me defendo. Em outra ocasião, minha mãe viajou para Miami com um grupo do hospital e lá se encontrou com meu pai. Foram os trinta dias mais maravilhosos da minha vida, disse ela. Ainda bem que ele não fez outro filho em você, disse eu. Minha mãe tentou me dar uma bofetada, mas fui mais rápido e me esquivei.

Às vezes, era minha mãe quem pagava sua passagem, outras vezes era meu pai quem lhe mandava as passagens de avião. Nunca mandou passagens para nós. Segundo minha mãe, não era porque não tivesse vontade de nos ver, mas pelo medo que tinha de avião, medo de que o avião caísse e depois de muito tempo encontrassem minha irmã e eu dormindo num ninho de ferros retorcidos, carbonizados em alguma cordilheira perdida da América. A verdade é que eu, na época, tinha sérias dúvidas a respeito dessa explicação. Nos dias que se passaram entre a primeira tentativa frustrada de viajar para o México e a segunda, minha mãe se lembrou de minhas dúvidas e mostrou (só para mim) a última carta que meu pai lhe enviara, quando nossa viagem para o México já tinha data e hora marcadas. Na carta, meu pai contava que dormia com uma pistola na gaveta da mesa de cabeceira, para o caso de sofrermos um acidente. E o que isso quer dizer?, perguntei. Seu pai dá a entender que está disposto a dar um tiro em si mesmo se alguma coisa acontecer com a gente. E o que pode acontecer? Que o avião, Deus nos livre, caia. E meu pai vai se suicidar se nós morrermos? Sim, disse minha mãe. Se ele diz que dorme com a pistola do lado é porque pretende se suicidar se alguma coisa acontecer com os senhores. Os *senhores* éramos minha irmã e eu. A ideia de meu pai e sua pistola rondou minha cabeça por alguns dias e até mesmo depois que cheguei ao México, e antes de começar os estudos numa nova escola mexicana, quando não havia nada para fazer e eu não conhecia ninguém, andei à procura dela por todos os cômodos da casa, mas nunca a encontrei.

Cartas nós recebíamos, umas cartas longas, escritas à mão, com uma letra péssima e não poucos erros ortográficos. Falava nelas de "minha segunda pátria", como dizia pomposamente quando se referia ao Chile, ou de "minha outra pátria", "minha patriedade", "minha outridade". Às vezes, mas não muitas, falava de meu avô e de minha avó, um galego e uma índia de Sonora que me pareciam tão distantes como se fossem extraterrestres. Dizia que era o caçula de sete filhos, que meu avô tinha noventa anos e possuía terras perto de Santa Teresa, e que minha avó tinha sessenta anos, exatamente trinta a menos do que meu avô. Às vezes, entediado, eu começava a fazer cálculos (embora não suporte matemática) e os números não batiam: quando eu nasci, segundo minha mãe, que sabia e dizia as idades de todos menos a dela, meu pai tinha vinte e cinco anos; então, na época em que fomos para o México meu pai devia ter quarenta anos; se minha avó tinha sessenta, isso significava que tinha vinte quando deu à luz meu pai; mas se meu pai era o caçula de sete filhos, que idade tinha minha avó quando pariu o primeiro? Supondo que tivesse tido um atrás do outro: treze anos, dois a menos do que eu tinha e um a menos do que tinha minha irmã. Treze anos minha avó e quarenta e três meu avô. Claro, havia outra possibilidade: que minha avó não fosse a mãe de todos os filhos de meu avô, mas só dos dois últimos ou apenas de meu pai. Meu avô, segundo contava meu pai em suas cartas horríveis, que eu às vezes nem lia inteiras, até recentemente ainda montava a cavalo. Também dizia que quando lhe contou, numa conversa telefônica, embora aqui ele se atrapalhasse com a narração, com os tempos verbais e nada ficasse suficientemente claro, que tinha enviado dinheiro para que me comprassem um cavalo, o velho comentou que um dia esperava me ver montar, em Sonora e com cavalos de verdade. A única coisa que conseguiu com isso foi me predispor contra meu avô, que, aliás, nunca cheguei a conhecer. Uma vez perguntei a meu pai (de forma casual, enquanto encarávamos juntos um engarrafamento na Insurgentes, quase como se estivéssemos falando de futebol) sobre a precocidade maternal de minha avó, e ele então me confessou que ela foi a segunda mulher de meu avô e que teve o primeiro filho aos dezenove e o segundo e último aos vinte. Não sei por que eu perguntei então por sua primeira mulher, não a de meu avô, a de meu pai, mas sem transição nem preâmbulo, como se tudo o que tínhamos conversado naquela tarde estivesse destinado a que por fim chegássemos a esse ponto. De início, meu pai permaneceu silencioso e tranquilo, olhando para a frente, com as mãos descansando sobre o volante. Depois disse que no México, ao contrário do Chile, o divórcio já existia fazia muito tempo, mas que mesmo assim, e ao contrário do Chile, lá era muito difícil se separar. Não sei por quê, disse ele, mas é muito difícil se separar. Deve ser por causa dos malditos filhos, falei, e joguei o cigarro pela janela (desde os quinze anos, desde que pisei na Cidade do México, meu pai me deixava fumar). Deve ser por isso, disse ele. Já não me lembro se estávamos indo em direção à Unam ou em direção a La Villa, apenas que avançávamos lentamente e que meu pai demorou a me olhar (olhava fixamente para o enxame imóvel de carros — de carroças — na avenida, mas, por sua expressão, era como se contemplasse os grandes espaços abertos da América, as cantinas e as fábricas, os edifícios crepusculares onde viviam os homens como ele, de mais de quarenta anos), porém quando o fez, sorriu e quis dizer alguma coisa, mas no fim não disse nada.

Da última vez que meu pai esteve no Chile, um ano e meio antes de partirmos para o México, uns amigos de minha mãe nos convidaram para passar um fim de semana em seu sítio. Uma tarde, saímos a cavalo. Tem dias em que me lembro disso claramente, das vozes, da cor amarela e verde-escura do campo, dos pássaros, das nuvens escassas e incrivelmente altas, e tem dias em que me lembro de tudo entre brumas, como se fosse um filme tremido ou fotografado com um filtro defeituoso, ou como se tivessem feito alguma coisa no meu cérebro. Éramos sete chilenos e um mexicano e os chilenos queriam ver (eu era um dos chilenos e eu também queria *ver*) se o mexicano era homem o suficiente para correr e não cair do cavalo. Desconfio que um dos chilenos, um médico, ainda que, no caso, também poderia ser um enfermeiro, tinha se relacionado com minha mãe, eu me lembro dele visitando nossa casa, da voz de minha mãe mandando Celestina nos levar para a cama, da música que saía do toca-discos quando ficavam a sós, trilhas sonoras do filme *Orfeu negro*. Também me lembro da melancolia, às vezes do mau humor do médico ou enfermeiro, um mau humor que, mesmo assim, não o deixava desgrudar de minha mãe nos dias sumamente agitados que precederam a chegada de meu pai. Então estava lá o dolorido amigo de minha mãe e lá estávamos eu e mais cinco chilenos, e lembro que bebiam vinho de Maule e, à medida que nos afastávamos da casa grande, lembro também de algumas piadas, algumas alusões à arte da equitação em ambas as repúblicas irmãs (por assim dizer, pois o Chile e o México não se parecem em nada, salvo que um dos dois é o primeiro país da América Latina e um dos dois é o último, a cabeça e a cauda do subcontinente, mas quem é a cabeça e quem é a cauda vai depender de quem olhe ou sofra com isso, em ambos os casos a situação não é vantajosa). (Bem, nenhum país da América Latina tem uma situação vantajosa, estamos todos no sopé da montanha, estamos todos no abismo da quebrada, de que quebrada?, a do Yuro.) O fato é que estávamos a cavalo. Antes, nos estábulos, meu pai quis encilhar ele mesmo seu cavalo, depois conferiu as cilhas do meu, a embocadura, o freio, fez algumas observações sobre a sela, que achou vistosa. No começo, íamos a passo, e os mais velhos bebiam e riam. Lembro que atravessamos um riacho onde minha irmã e eu, em verões passados, tínhamos nadado. Depois chegamos a um campo alqueivado, separado por cercas de madeira de uns potreiros onde as vacas pastavam. Foi então que dois do grupo, provavelmente os dois filhos mais velhos do dono do sítio, saíram galopando e saltaram a primeira cerca. Meu pai os seguiu, meu pai era apenas alguns anos mais velho do que eles e acho que considerou seu dever de hóspede segui-los. Ou talvez antes disso já houvesse um desafio, alguma aposta. Não sei. Só sei que meu pai saiu cavalgando e o vi se aproximar da cerca e depois o vi saltá-la impecavelmente. Então ouvi um grito, foi um pássaro, mas não sei que pássaro, talvez um quero-quero, talvez fossem os dois irmãos que galopavam para a cerca seguinte, mas me pareceu o grito de um condor, como se um abutre enorme tivesse saído do bosque que acabávamos de deixar para trás e agora sobrevoasse os potreiros, invisível e ameaçador. Bem quando meu pai se dispunha a saltar a segunda cerca, saí galopando atrás dele. Senti o tremor e a energia do cavalo e encarei a primeira cerca como se estivesse bêbado. O campo à frente tinha um desnível que, ali de onde o restante do grupo estava, não parecia muito pronunciado, e sim suave, com o pasto alto levemente embalado pelo vento, mas que a cavalo e galopando era acidentado, cheio de valetas e com uma encosta vertiginosa. Quando levantei a cabeça, os dois irmãos tinham parado e o cavalo de um deles estava empinando, decerto assustado com alguma coisa, pensei, uma cobra, e tive medo, ou talvez fosse o cavaleiro, raivoso, que o fazia empinar para castigá-lo. Meu pai, mais afastado, encarava a segunda cerca, e tive a impressão de ouvir gritos atrás de mim, alguém, o dono do sítio, pedia a ele que parasse, alguém, o enfermeiro, berrava como num filme de Miguel Aceves Mejía, como num filme de Jorge Negrete, de Pedro Infante, de Antonio Aguilar, como num filme de Resortes e de Calambres, gritos de dor e de alegria, gritos de desamor e de liberdade, compreendi de repente, quando a segunda cerca estava vindo para cima de mim e eu também berrava e apertava as pernas enquanto meu cavalo passava por cima dela como um raio e continuávamos descendo, a figura de meu pai já oculta pela encosta, os dois irmãos à minha esquerda e, logo atrás, um deles apeado e olhando para uma das patas dianteiras de seu cavalo. Depois veio um barranco, e assim que o venci pude ver um rio amuralhado de árvores e, um pouco mais para cá, um pequeno bosque onde se elevavam sobre as outras árvores algumas araucárias. E não vi nem meu pai nem seu cavalo em nenhum lugar. Saltei a terceira cerca e desci galopando em direção ao bosque. Antes de chegar, detive o passo do cavalo. Encontrei meu pai sentado sobre um toco, com um cigarro sem acender entre os dedos. A mão que segurava o cigarro tremia. Ele suava copiosamente, estava com o rosto vermelho e tinha aberto vários botões da camisa. Só pareceu notar minha presença quando apeei. Sentei-me a seu lado, mas no chão, e disse que ele tinha feito uma boa corrida. Não sei por que fiz isso, disse ele, podia ter quebrado a espinha. Depois disse: fazia séculos que eu não montava. Ao longe, no alto da colina, apareceram os outros; um deles deve ter visto a gente e acenou com a mão; depois fizeram sinais nos indicando alguma porteira na direção do rio, em que a encosta se tornava menos íngreme, por onde pretendiam passar. Levantei os braços em sinal de compreensão. Meu pai nem levantou a cabeça. Tinha acendido o cigarro e suava cada vez mais. Por um momento, me ocorreu que ele podia estar chorando. Os demais cavaleiros me fizeram sinais com os braços e a terra os engoliu. Sentei-me de novo ao lado de meu pai. No começo, o cigarro pareceu sufocá-lo, era um Cabañas, e ele estava acostumado com os Delicados mexicanos, mais fortes e ao mesmo tempo mais finos, um bom tabaco, tudo bem, mas depois ele passou a fazer círculos de fumaça, meio distraído, como se seus lábios não tivessem nada a ver com ele, primeiro olhando a terra cheia de galhinhos, fiapos de grama, torrões, e depois para cima, círculos de fumaça perfeitos, de circunferências variadas e até de grossuras diferentes. Depois, quando apagou o cigarro, meu pai disse: Quer que eu conte como os caubóis viajam no México? Mas pai, no México não tem caubóis, falei. Claro que tem, disse meu pai, um dia eu já fui caubói, e seu avô também foi caubói, e até sua avó montava. Por que você acha que estou aqui, tão longe de tudo? A pergunta não me pareceu justa, eu morava aqui, longe de tudo, e ele parecia se esquecer disso constantemente, mas também pensei que meu pai estava prestes a me fazer a grande revelação de minha vida. Por causa da minha mãe, falei. Sim, por causa da sua mãe, disse ele, e também por outras coisas. Pela sua irmã e por você, disse depois de um silêncio, e por outras coisas. Depois ficou quieto, como se de repente tivesse se esquecido do que estávamos falando, e do outro lado dos limites do bosque apareceram os outros cavaleiros de nosso grupo. Meu pai se levantou e disse para irmos encontrá-los. Tentei ser um esportista a vida toda, disse antes de montar, mas nunca consegui.

Minha mãe lia romances de amor que lhe enviavam de Santiago pelo correio, e também lia revistas esotéricas. Meu pai só lia romances de caubóis. Eu lia Nicanor Parra e pensava que isso me dava vantagem. É claro que não me dava nenhuma vantagem. Foi algo assim que Mónica Vargas me disse, poucos dias antes de eu ir embora do Chile. Naquela época, no fim de 1968, não era fácil sair de um país latino-americano e entrar em outro. Ainda hoje é difícil, mas naquele tempo era mais. Era preciso preencher um monte de papéis imprescindíveis para a viagem, cujos trâmites não podiam ser feitos na pequena capital de província onde morávamos na época. Então vendemos tudo o que tínhamos, que não era muito, alguns móveis e pouca coisa mais, e nos mudamos, duas semanas antes da data de nossa viagem (da primeira tentativa de deixar o país), para Santiago, para a casa de uma amiga de minha mãe, Rebeca Vargas, professora de colégio, sulista desterrada para a capital, onde morava com sua irmã caçula, Mónica Vargas, que na época estudava no Conservatório.

Mónica tinha o cabelo comprido e liso, era muito magra, tinha seios grandes e tocava flauta transversal. Na primeira noite que passamos em sua casa ficamos até bem tarde conversando, e quando todos já tinham ido dormir, pouco antes de nós também irmos nos deitar (ela no quarto de sua irmã e eu no sofá), fomos até a sacada, não sei se para contemplar as luzes de Santiago, as luzes das avenidas e dos anúncios luminosos do centro, ou para contemplar a cordilheira iluminada pela lua, que parecia um refletor pendurado no abismo. Lembro que já antes, na sala ou na cozinha, enquanto eu a ajudava a preparar outra rodada de chá e de pão com abacate e geleia (como se naquela noite minha mãe e todos nós que estávamos lá, escutando-a, tivéssemos tresnoitado, e isso tivesse aberto nosso apetite, não um apetite de almoço ou de janta, mas um apetite de lanche, que é o apetite das fábulas e das lendas), quando ela me perguntou o que eu queria estudar quando estivesse no México, respondi que medicina, mas na verdade o que eu queria era ser poeta. Isso é ótimo, disse ela preparando o chá, o leite, os iogurtes (foi a primeira vez que os tomei assim, na embalagem), com um Hilton firmemente preso entre os lábios ou entre seus dedos longos e de unhas roídas. E o que você leu? A pergunta me surpreendeu tanto que de repente fiquei sem saber o que dizer, justamente na única época de minha vida em que eu tinha resposta para tudo. Nicanor Parra, falei. Ah, Nicanor, disse Mónica, como se o conhecesse e fossem amigos íntimos. *Poemas y antipoemas*, falei, Editorial Nacimiento, 1954. É o único que há, disse Mónica, e não tocamos mais nesse assunto até irmos para a sacada. Ela estava com um cigarro entre os dedos, o último da noite, e eu hesitava em lhe pedir um, com medo da humilhação de que ela me negasse por eu não ter idade para fumar, ainda que agora eu saiba que ela nunca teria me negado. Estava sentada numa cadeira dobrável de madeira e eu estava de pé, quase de costas para ela, olhando a cidade escura, desejando nunca mais ir embora dali. Então Mónica disse que iria emprestar um livro para eu ler nos dias que me faltavam para ir embora. Que livro?, falei. Um de Rilke, disse ela, *Cartas a um jovem poeta*. Lembro que nos olhamos, ou que me pareceu que nos olhávamos, na verdade Mónica tinha a vista fixa na massa informe de Santiago, e lembro que me senti tão ofendido, tão humilhado como se ela tivesse me negado um cigarro. Soube que as *cartas* eram uma forma de me dizer para não escrever poesia, soube que o *jovem poeta* nunca chegou a escrever nada de valor, que com sorte o mataram num duelo ou numa guerra, soube que Mónica era capaz de tratar Nicanor informalmente mas era incapaz de lê-lo, soube que Mónica sabia que além de Nicanor Parra (o *senhor* Parra) eu tinha lido poucas outras coisas na vida. Soube disso tudo num segundo e tive vontade de montar no parapeito da sacada e dizer: você tem razão, mas está muito equivocada, frase muito pouco chilena, mas muito mexicana. Em vez disso, eu me virei para olhá-la e pedi um cigarro. Em silêncio, como se sua mente estivesse muito longe daquela sacada que pendia inofensiva sobre Santiago, ela me passou o maço e depois me deu fogo. Fumamos em silêncio por um momento, ela sua bituca (fumava até o filtro) e eu meu cigarro inteiro. Depois fechamos a sacada e me sentei no sofá, esperando que ela saísse para ir me deitar. Mónica desapareceu por um instante e depois voltou com o livro de Rilke. Se não tiver sono, comece a ler esta noite, disse ela. Depois disse boa noite e eu dei um beijo em sua boca. Não pareceu surpresa, mas me lançou um olhar de reprovação, ou, quem sabe, apenas um olhar sério, antes de se perder no corredor. Na verdade, o corredor era pequeno, o apartamento era pequeno, muito mais do que a casa que nós tínhamos acabado de deixar, mas as casas desconhecidas parecem maiores. Na noite seguinte, quando Mónica voltou de suas aulas no Conservatório, eu lhe disse que achava o autor de *Cartas a um jovem poeta* um papa-hóstias. Só isso?, disse ela, tão carrancuda como na noite anterior. Só isso, disse eu. Naquela noite, depois do jantar, Mónica não ficou para fumar um último cigarro comigo.

Naquela noite, tive pesadelos e dormi mal. Na manhã seguinte, pedi dinheiro para minha mãe e fui me despedir de Nicanor Parra.

Naturalmente, eu não sabia onde ele morava. Da casa das irmãs Vargas, telefonei para uma editora e para a reitoria da Universidade do Chile. No fim, eu tinha um endereço. Desde o início, desconfiei que não só seria difícil chegar, como seria difícil voltar. Peguei um ônibus que me deixou num cruzamento de avenidas. Lá, peguei outro ônibus: ele adentrou por ruas estreitas e sinuosas, cheias de lojas e barraquinhas ambulantes onde vendiam de panelas e frigideiras a soldadinhos de chumbo. Passamos por várias ruas mal pavimentadas, depois demos num terreno baldio vagamente delimitado por muros de tijolos meio desmoronados, e tão grande e plano quanto dez campos de futebol. Ali desci de novo e continuei andando. Ao deixar para trás o terreno baldio o terreno se bifurcava, por um lado seguia uma rua vazia (mais do que rua, me pareceu uma estrada regional), e por outro se levantava um bairro de casas térreas, com algumas ruas sem asfalto onde vi muitas crianças e muitos cães. Resolvi seguir a estrada; não demoraram a aparecer outras povoações, cada vez mais planas, mais esmagadas ou mais achatadas, fenômeno que se acentuava à medida que se aproximava da cordilheira, como se a pressão das montanhas ou do ar nivelasse as casas ao rés do chão. Depois cheguei a um ponto de ônibus e perguntei pelo endereço para o qual estava indo. Apontaram para uma ladeira. Do outro lado, disseram. Subi a rua e lá do outro lado vi um rio e uma ponte. Atravessei-os e entrei num bairro de ruas protegidas por lariços. Vi uma placa que dizia Lo Paigüe e imaginei que era o nome do bairro. Entrei numa loja de roupas infantis e falei que estava procurando a casa de Nicanor Parra. Fica na outra ponta de Lo Paigüe, respondeu-me uma mulher. Está bem, disse eu, e continuei andando à beira do rio. Não demorou e ele se dividiu em vários braços, alguns deles obstruídos por diques feitos com latões cheios de barro e/ou de lixo de origem diversa. Me aproximei para olhar e, lá do fundo, percorrendo uma trilha de galhinhos e embalagens fossilizadas que unia as ilhas do delta de águas residuais, dois ratos me olharam. Um deles, o mais magro, sorriu para mim. Um sorriso humilde, como quem diz aqui estou, Arturo, ganhando a vida, e aí, como vai você, cara? Pensei que estivesse ficando louco, mas não me movi do contraforte que separava a calçada daquele monte de lixo em que o delta se transformara (embora talvez fosse o oposto: ao crescer, o monte de lixo acabou virando um delta). O rato me lançou um último olhar, eu diria que de soslaio, sempre com o sorriso de profunda humildade pendurado no focinho, e depois seguiu sua companheira rio abaixo, dando saltos mais voluntariosos (e não sem certa graça: uma graça que denotava uma dignidade tranquila) do que enérgicos. Do outro lado de uma rua poeirenta, onde cresciam algumas macieiras e nespereiras franzinas, estava a casa cujo endereço eu levava anotado num papel. Dos fundos, de uma garagem transformada em oficina, chegavam ruídos de formão e de serrote. A casa parecia vazia: as cortinas fechadas, o mato no jardim e um ar geral de abandono pareciam indicá-lo. Toquei a campainha e a cabeça de um homem despontou pela porta aberta da garagem. O que quer? Procuro o poeta Nicanor Parra, falei. Entre, disse ele. Estava sentado num banquinho de vime, e não desgrudou dele nem mesmo quando me convidou para entrar, limitando-se a incliná-lo sobre os dois pés dianteiros. Quando transpus a porta da garagem ele me olhou de cima a baixo e disse que ali não morava nenhum poeta, mas que se eu quisesse ele podia me recitar uns versinhos. Tinha uns cinquenta anos, os cabelos meio compridos e grisalhos, e pinta de malandro e de cantor em partes iguais. Mostrei-lhe o papel com o endereço. Ele leu algumas vezes e disse que não, que o endereço estava errado. Mas Nicanor Parra morou aqui?, perguntei. Morou um poeta aqui no bairro, disse ele, mas se era o Parra, eu não sei. Quer um gole de vinho, meu amigo, ou você é jovem demais para isso? Aceitei, antes de mais nada, para adiar por alguns minutos o regresso ao centro de Santiago, que intuí complicado e tedioso. E o senhor, o que faz?, falei, sentando-me em outro banco de vime. Violões, disse ele. Faço violões, embora eles não sejam muito bons, pra falar a verdade. E vendem bem? Não muito bem, mas vão saindo. Nós dois ficamos calados por um momento, enquanto ele lixava uma peça de madeira informe, ou que, para mim, que não entendo nada de violões, pareceu assim. Daqui a alguns dias vou para o México, falei. Sei, disse ele, em busca de novas terras, não é mesmo? Sim, falei. Aqui a coisa está ficando feia, embora no México não deva estar muito melhor, não é? Meu pai é mexicano, falei. Uma boa coisa, ter um pai, disse ele, brindemos a isso. Batemos os copos. Aos pais, disse ele, onde quer que eles estejam. Movi a cabeça num gesto que pretendia ser de incredulidade; como se lhe dissesse: aceito a brincadeira, mas estou longe de acreditar nisso. E o senhor, mora aqui?, perguntei. Não, disse ele, aqui só tenho a oficina, que um amigo me cede por pouca grana, mas moro do outro lado do rio. O rio Lo Paigüe?, falei. O próprio, disse ele, na avenida Manuel Rodríguez, número 353, a casa é sua. Eu morava no sul, falei, não sei por quê. E quais seriam os motivos, se é possível saber, que o levaram a vir se despedir do poeta Parra?, perguntou. Nenhum motivo em especial, falei, eu também sou poeta e achei... Rapaz!, disse ele, um poeta, agora sim que eu vou lhe recitar estes versinhos, vamos ver o que você acha. Fiquei calado, esperando. O homem pegou um violão para acompanhar e começou. Tinha uma voz meio ébria, mas calorosa.

Como rainha de humildade
com umas calças de bri
de cristão a cabelei
com a navalha no bols
e uma flor mal tatuá
estava eu na metá
da minha vida desgraçá
quando tu aparecest
flor de rua flor de các
fazendo eu voltar à ton
como rainha de humildade.

Bonito, falei, olhando pela porta da garagem as nuvens que passavam. Não é ruim, admitiu o homem, eu o compus, deve fazer uns três meses, na picada da Gorda Martínez. E depois de um silêncio evocador: onde fazem um *chancho en piedra** de lamber os dedos. Depois o violeiro começou a falar de viagens ao interior do Chile que pareciam a países distantes e exóticos, e de cantores, cafetões e putas. Mas sempre volto para a oficina, terminou. Antes que eu fosse embora, ele me recitou outro de seus poemas:

Tempus fugit queridin
disse o velho para a vé
sentados junto do abis
quando a tarde se afás
as lembranças fragmentá
nos visitam novamen
fotografias rasgá

* Molho típico do Chile, com tomate e especiarias moídas num pilão de pedra. (N. T.)

de tanto que desejás
a vida nua queimá
o céu de trapos vesti

Mais tarde ele me acompanhou até a rua e indicou em que direção eu deveria ir para encontrar um ponto de ônibus. Trocamos um aperto de mãos e saí caminhando. Numa ladeira, vi duas crianças brincando com um aro de metal. Pensei que se eu me metesse pelo aro, como um porco adestrado, sairia em outra dimensão. Naquela noite, contei para Mónica tudo o que tinha acontecido e lhe devolvi o livro de Rilke. No dia seguinte, fomos ao cinema com minha avó, que tinha vindo a Santiago para se despedir de nós e ficou na casa de uns parentes até o dia de nossa partida, da primeira, frustrada, e da segunda, bem-sucedida, ainda que, até que visse o avião no ar, eu não estivesse certo de que conseguiríamos deixar o país. As lembranças seguintes são confusas, acho que escrevi uma carta para Mónica (me atrevo a chamá-la de poema) que depois destruí, consegui meu primeiro passaporte, fomos mais vezes ao cinema.

E agora estamos outra vez no aeroporto e minha mãe, seguida com árduo esforço por minha irmã e por mim, ambos arrastando malas que tentávamos disfarçar como bagagem de mão, está sendo levada para os escritórios da Interpol. E lembro que todo mundo nos olhava e que eu ia pensando, ao mesmo tempo que começava a ter consciência de ser olhado, em duas coisas: a primeira, que se eu estivesse com a espingarda (aquela espingarda que chegou misteriosamente lá em casa e que agora acredito que pertenceu a um dos amantes de minha mãe), teria atirado nos policiais e depois teria botado fogo no aeroporto; a segunda, que nunca nos deixariam sair do Chile e que meu destino, portanto, seria nunca poder olhar, só ser olhado. E depois minha mãe lutou (verbalmente) com os policiais, e se teve medo de ser detida soube esconder com uma maestria invejável, e insultou um credor daquelas terras que agora tínhamos deixado para trás com a elegância e o desdém de quem vive de avião em avião (a expressão *jet set* começava a se impor na revistas que ela lia), de capital em grande capital. E depois fez voz de mulher em apuros e pediu um favor, mas de igual para igual. E depois até implorou para que a deixassem sair, que o pai de seus filhos a estava esperando e que era um homem bem capaz de fazer uma loucura por qualquer bobagem. Mas não havia nada a fazer, e naquela noite não conseguimos voar (minha mãe tinha uma letra protestada, era só isso) e voltamos, passado o susto, para a casa das irmãs Vargas com minha avó (que naquela noite ficou para dormir lá), com Rebeca Vargas, uma amiga tão boa, consolando minha nervosíssima mãe, e com mais uma ou duas pessoas que já não lembro quem eram. E em casa encontramos Mónica, que não gostava de despedidas e que decerto tinha planos muito melhores do que acompanhar ao aeroporto uns sulistas que ela provavelmente nunca mais iria ver, e que nos fez contar toda a história de novo, e aquela noite, apesar das risadas finais, foi uma noite triste, mais do que triste, negra, lúgubre, insone. E quando todas foram dormir eu fiquei na sacada, em mangas de camisa, morrendo de frio, com meu livro de Parra fechado nas mãos. E quando tudo parecia perdido, minha mãe teve um ataque de asma.

2. O Verme

Parecia uma larva branca, com seu chapéu de palha e um Bali pendurado no lábio inferior. Toda manhã eu o via sentado num banco da Alameda, enquanto me enfiava na Librería de Cristal para folhear livros e, quando levantava a cabeça, através das paredes da livraria, que na verdade eram de vidro, lá estava ele, quieto, olhando para o vazio.

Acho que acabamos nos acostumando um com o outro. Eu chegava às oito e meia da manhã e ele já estava lá, sentado num banco, sem fazer nada a não ser fumar e manter os olhos abertos. Nunca o vi com um jornal, com um sanduíche, com uma cerveja. Em certa ocasião, enquanto eu o olhava das estantes de literatura francesa, pensei que ele dormia na Alameda, sobre um banco, ou nos pórticos de algumas das ruas próximas, mas depois conjecturei que ele era limpo demais para dormir na rua e que provavelmente estava alojado em alguma pensão perto dali. Era, constatei, um animal de hábitos, como eu. O meu consistia em ser acordado cedo, tomar café da manhã com minha mãe, meu pai e minha irmã, fingir que estava indo para o colégio e pegar um ônibus que me deixava no centro, onde eu dedicava a primeira parte da manhã aos livros e a passear, e a segunda, ao cinema e ao sexo.

Eu costumava comprar livros na Librería de Cristal e na Librería del Sótano. Se eu tivesse pouco dinheiro, na primeira, onde sempre havia uma mesa com saldos; se tivesse o suficiente, na última; e se não tivesse, costumava roubá-los indiscriminadamente em uma ou outra, ou levava, discreto, um ou dois comigo, disfarçados entre os livros didáticos. Mas, fosse como fosse, minha passagem pela Librería de Cristal e pela del Sótano (diante da Alameda e situada, como seu nome indica, num porão)* era obrigatória. Às vezes eu chegava antes de o comércio abrir, e então o que fazia era procurar um vendedor ambulante de sanduíches, comprar um de presunto e um copo de suco de manga, e esperar. Às vezes — depois de meu esplêndido café da manhã —, eu escrevia. Tudo isso durava até as dez da manhã, hora em que começavam em alguns cinemas do centro as primeiras sessões matinais. Procurava filmes europeus, embora em algumas manhãs inspiradas eu não discriminasse o novo cinema mexicano.

Acho que o que vi mais vezes era francês. Duas garotas moram sozinhas numa casa isolada. A loira foi deixada pelo namorado e, ao mesmo tempo (quer dizer, ao mesmo tempo da dor), tem problemas de personalidade: acredita que está se apaixonando por sua companheira. A ruiva é mais jovem, é mais inocente, é mais irresponsável; ou seja, é mais feliz (ainda que na época eu fosse jovem, inocente e irresponsável, e ao mesmo tempo me considerasse profundamente infeliz). Um dia, um foragido da lei entra de modo furtivo na casa delas e as sequestra. O curioso é que a invasão ocorre justo na noite em que a loira decidiu fazer amor com a ruiva e depois se suicidar. O foragido entra por uma

* Em espanhol, *sótano* significa "porão". (N. T.)

janela, navalha na mão, e percorre a casa em silêncio, chega ao quarto da ruiva, a domina, a amarra, pergunta quantas pessoas mais moram lá, a ruiva diz que só ela e a loira, e a amordaça. Mas a loira não está em seu quarto e o foragido percorre a casa, mais nervoso a cada minuto que passa, até que finalmente encontra a ruiva jogada no porão, desmaiada, com sinais inequívocos de ter ingerido toda a caixa de primeiros socorros. O foragido não é um assassino, em todo caso, não é um assassino de mulheres, e salva a loira: faz com que ela vomite, prepara-lhe um litro de café etc. Depois os dias vão passando e as mulheres e o foragido começam a se entender. O foragido conta sua história: é um ex-presidiário, um ex-ladrão de bancos, sua mulher o deixou. As mulheres são artistas de cabaré, e uma tarde, ou uma noite, não se sabe, pois vivem com as cortinas fechadas, elas fazem uma exibição para ele: a loira se enfia numa pele de urso magnífica e a ruiva finge que é uma domadora. No começo o urso obedece, mas depois se rebela e com suas garras vai despojando pouco a pouco a ruiva de suas roupas. Finalmente, já nua, ela cai derrotada e o urso se joga em cima dela. Não, não a mata, faz amor com ela. E aqui vem o mais curioso: o foragido, depois de ver o número, não se apaixona pela ruiva, mas pela loira, ou seja, pelo urso. O final é previsível, mas não deixa de ter certa poesia: numa noite de chuva, depois de matar dois ex-companheiros, o foragido e a loira fogem com destino incerto e a ruiva fica sentada numa poltrona, lendo, dando um tempo para eles antes de ligar para a polícia. O livro que a ruiva segura, percebi na terceira vez que vi o filme, é *A queda*, de Camus. Também vi alguns mexicanos mais ou menos no mesmo estilo: mulheres bonitas que eram sequestradas por uns caras medonhos, foragidos da lei que sequestravam senhoras ricas e jovens e que, no fim de uma noite de paixão, eram crivados de balas, belas empregadas domésticas que saíam do zero e alcançavam as máximas altitudes de dinheiro e de poder. Na época, quase todos os filmes mexicanos eram thrillers eróticos, embora também houvesse filmes de terror erótico e pornochanchadas. Os de terror seguiam a linha clássica do *terror mexicano* estabelecida nos anos 1950, que era tão própria da cultura de meu novo país quanto a escola muralista, e que oscilava entre o Santo, o Cientista Louco, os Charros Vampiros e a Inocente, condimentada com modernos nus (de preferência de desconhecidas atrizes norte-americanas, europeias, uma ou outra argentina), cenas de sexo explícito e uma crueldade nos limites do risível e do irremediável. Eu não gostava das pornochanchadas.

Certa manhã, enquanto procurava um livro na Librería del Sótano, vi que estavam rodando a cena de um filme e me aproximei para espiar. Reconheci Jacqueline Andere. Era a primeira vez que via pessoalmente um de meus ídolos cinematográficos. Quando eu ia ao cinema, costumava me sentar nas primeiras filas e depois cruzava as pernas. Com a mão esquerda, esfregava meu pênis por cima da calça até chegar ao orgasmo. O único problema era acoplar meus orgasmos às melhores cenas do filme, o que, no caso daqueles que eu via pela segunda ou terceira vez não era difícil, mas que nas estreias se tornava verdadeiramente angustiante. Quando vi *Barbarella*, por exemplo, gozei logo de cara (com a cena do striptease na nave espacial), e quando vi *Crimes passionais*, interpretado por uma atriz da geração de Jacqueline Andere, belíssima, uma de minhas preferidas, mas cujo nome esqueci, fui adiando tanto meu orgasmo que no fim ele chegou junto com os créditos. Ser um frequentador assíduo das salas cinematográficas me conferiu tanta prática que acabei me tornando um especialista na masturbação hierática, nos orgasmos imóveis (cara de pedra, talvez só uma gota de suor descendo pela bochecha), nos movimentos precisos, de uma economia que hoje me parece inacreditável, da minha mão esquerda.

Mas, enfim, naquela manhã vi Jacqueline Andere e me passou pela cabeça uma ideia boba, me aproximar dela e pedir um autógrafo, não sei por quê, nunca me interessei por autógrafos. Então, quando ela terminou de rodar sua cena eu me aproximei (que surpresa constatar sua baixa estatura, que nem mesmo os sapatos de salto agulha conseguiam disfarçar) e perguntei se poderia me dar um autógrafo. Foi uma das coisas mais singelas que já me aconteceram. Ninguém me deteve, ninguém se interpôs entre mim e Jacqueline, ninguém perguntou o que eu estava fazendo ali. Por um momento, pensei que poderia sequestrar Jacqueline. A mera possibilidade me deixou todo arrepiado. A cena consistia nela caminhando por uma das sendas da Alameda. Quando acabou, Jacqueline parou por um momento, como se estivesse ouvindo alguma coisa, embora nenhum dos técnicos tivesse dito nada, e depois continuou caminhando em direção ao Palacio de Bellas Artes, onde anos depois eu faria um recital de poesia desastroso (pelo que aconteceu nele e pelo que aconteceu depois), e a única coisa que tive de fazer foi caminhar na direção oposta. Quando nos cruzamos, parei. Ela me olhou de baixo para cima, o cabelo loiro com uma tonalidade acinzentada que eu desconhecia (talvez tivesse tingido), os olhos castanhos amendoados muito grandes e muito doces, mas não, doces não é a palavra: tranquilos, de uma tranquilidade espantosa, como se estivesse drogada ou tivesse o encefalograma plano ou fosse uma extraterrestre, e me disse algo que não consegui entender.

A caneta, disse ela, a caneta para assinar.

Procurei uma esferográfica no bolso da jaqueta e pedi que assinasse a primeira página d'A *queda* de Camus. Você é estudante?, disse ela. Sim, falei. E o que está fazendo aqui em vez de estar na aula? Não havia agressividade em sua voz, nem queria dar uma de esperta, simplesmente constatava um fato. Às vezes tiro uma manhã livre, disse a ela. Na verdade, fazia meses que eu estava tirando todas as manhãs livres, e já sabia, embora preferisse adiar o problema, que teria de contar para meus pais que não voltaria mais para a sala de aula. Ela perguntou meu nome. Bem, então vamos assinar, disse em seguida. Depois sorriu para mim, me estendeu a mão (uma mão pequena, de ossos delicados) e se afastou pela Alameda, sozinha. Fiquei quieto, olhando, duas mulheres se aproximaram dela a uns cinquenta metros de distância, pareciam freiras missionárias, duas freiras mexicanas missionárias na África, com Jacqueline parada debaixo de um cipreste mexicano, e depois as três saíram andando em direção ao Bellas Artes.

Na primeira página de *A queda*, Jacqueline escreveu: "Para Arturo Belano, um estudante liberado, com um beijo de Jacqueline Andere". Quando li, não pude deixar de rir. De repente me vi sem vontade de livrarias, sem vontade de passeios, sem vontade de leituras, sem vontade de cinemas matinais (principalmente sem vontade de cinemas matinais). A proa de uma nuvem enorme apareceu no centro do México, enquanto no norte da cidade ressoavam os primeiros trovões e alguns relâmpagos rasgavam o céu. Compreendi, de repente, que o filme tinha sido interrompido pela proximidade da chuva, me senti sozinho e por alguns segundos tive medo e um desejo frenético de estar em casa. Então o Verme me cumprimentou. Acho que depois de tantos dias ele também prestou atenção em mim. Eu me virei e lá estava ele, sentado no mesmo banco de sempre, nítido, absolutamente real com seu chapéu de palha e sua camisa branca. Quando os técnicos cinematográficos saíram, comprovei, assustado, foi como se o mar tivesse se aberto e agora eu pudesse ver o fundo do mar. A Alameda vazia era o fundo do mar, e o Verme, sua joia mais preciosa. Cumprimentei-o, certamente fiz alguma observação banal, saímos juntos da Alameda e fomos para as bandas do teatro Blanquita.

O que aconteceu depois é nebuloso e ao mesmo tempo nítido, de uma naturalidade extrema. O bar se chamava Las Camelias. Eu pedi *enchiladas* e uma cerveja, o Verme uma coca, e mais tarde (mas não devia ser muito mais tarde) ele comprou de um vendedor ambulante dois ovos de tartaruga. Falamos de Jacqueline Andere. Não demorei a compreender, maravilhado, que ele não sabia que ela era uma atriz de cinema. Chamei sua atenção para o fato de que ela estava justamente fazendo um filme, mas o Verme simplesmente não se lembrava dos técnicos nem do equipamento montado para a filmagem. Depois parou de chover e o Verme pegou um maço de notas do bolso de trás, pagou e foi embora.

No dia seguinte nos vimos novamente. Pela expressão dele, pensei que não estava me reconhecendo ou que não queria me cumprimentar. Em todo caso, achei que estava em dívida com ele e me aproximei. Parecia adormecido, embora estivesse com os olhos abertos. Era magro, mas suas carnes, salvo os braços e as pernas, pareciam macias, até mesmo fofas. Sua flacidez era mais de ordem moral do que física. Seus ossos eram pequenos e fortes. Logo soube que ele era do Norte ou que tinha morado muito tempo no Norte, o que, no caso, dá na mesma. Sou de Sonora, disse ele. Achei curioso, pois meu avô também era de lá. Isso deixou o Verme interessado e ele quis saber de que parte de Sonora. De Santa Teresa, falei. Eu sou de Villaviciosa, disse o Verme. Uma noite, perguntei a meu pai se ele conhecia Villaviciosa. Claro que conheço, disse meu pai, fica a poucos quilômetros de Santa Teresa. Pedi que me descrevesse. É uma cidade bem pequena, disse meu pai, não deve ter mais de mil habitantes (depois eu soube que não chegava a quinhentos), bastante pobre, com poucos meios de subsistência, sem uma única indústria. Está fadada a desaparecer, disse meu pai. Desaparecer como?, perguntei. Por causa da emigração, disse meu pai, as pessoas vão para cidades como Santa Teresa ou Hermosillo, ou para os Estados Unidos. Quando eu disse isso para o Verme, ele não concordou, ainda que, de fato, "concordar" ou "discordar" não significassem absolutamente nada para ele; o Verme nunca discutia, também não expressava opiniões, não era um exemplo de respeito pelos outros, ouvia e armazenava, ou talvez só ouvisse e depois esquecesse, preso numa órbita diferente da das outras pessoas. Sua voz era suave e monótona, embora às vezes subisse o tom, e então parecia um louco imitando um louco, e eu nunca soube se ele fazia isso de propósito, como parte de um jogo que só ele entendia, ou se simplesmente não conseguia evitar e aquelas saídas de tom eram parte do inferno. Cifrava sua certeza da sobrevivência de Villaviciosa na antiguidade do povoado; e também, entendi isso mais tarde, na precariedade que o cercava e o carcomia, naquilo que, segundo meu pai, ameaçava sua própria existência. Não era um sujeito curioso, ainda que poucas coisas lhe passassem desapercebidas. Certa vez, ele olhou os livros que eu levava, um por um, como se tivesse dificuldade para ler. Depois nunca mais se interessou pelos meus livros, embora toda manhã eu aparecesse com um novo. Em certas ocasiões, talvez porque de alguma forma ele me considerasse um conterrâneo, nós conversávamos sobre Sonora, que eu mal conhecia: só tinha ido lá uma vez, para o funeral de meu avô. Nomeava povoados como Nacozari, Bacoache, Fronteras, Villa Hidalgo, Bacerac, Bavispe, Agua Prieta, Naco, que para mim tinham as mesmas qualidades do ouro. Nomeava aldeias perdidas nas províncias de Nácori Chico e Bacadéhuachi, perto da fronteira com o estado de Chihuahua, e então, não sei por quê, tapava a boca, como se fosse espirrar ou bocejar. Parecia ter caminhado e dormido em todas as serras: a de Las Palomas e La Cieneguita, a serra Guijas e a serra La Madera, a serra San Antonio e a serra Cibuta, a serra Tumacacori e a serra Sierrita, bem dentro do território do Arizona, a serra Cuevas e a serra Ochitahueca no nordeste, perto de Chihuahua, a serra La Pola e a serra Las Tablas no sul, no caminho de Sinaloa, a serra La Gloria e a serra El Pinacate, no rumo noroeste, como quem vai para a Baixa Califórnia. Conhecia toda Sonora, de Huatabampo e Empalme, na costa do golfo da Califórnia, aos vilarejos perdidos no deserto ou na serra, perto do Arizona. Sabia falar a língua yaqui e a pápago (que circulava livremente na fronteira entre Sonora e o Arizona) e conseguia entender a seri, a pima, a mayo e a inglesa. Seu espanhol era seco, às vezes com um leve ar de impostação que seus olhos contradiziam.

Vaguei pelas terras do seu avô, que descanse em paz, me disse uma vez, como uma assombração.

Nós nos encontrávamos toda manhã. Às vezes, eu tentava me fazer de distraído, quem sabe retomar meus passeios solitários, minhas sessões de cinema matinais, mas ele sempre estava lá, sentado num banco da Alameda, bem quieto, com o Bali pendurado nos lábios e o chapéu de palha cobrindo metade de sua testa (sua testa de verme branco), e era inevitável que, submerso entre as estantes da Librería de Cristal, eu o visse, o observasse por um momento e, por fim, fosse me sentar a seu lado.

Não demorei a descobrir que o Gusano andava sempre armado. No começo, pensei que talvez fosse policial ou que alguém o estivesse perseguindo. Mas era evidente que não era policial (ou que *já não era* policial), e poucas vezes vi uma atitude mais despreocupada em relação às pessoas: nunca olhava para trás, nunca olhava para os lados, raramente olhava para o chão. Quando perguntei por que ele andava armado, o Verme respondeu que por costume, e eu acreditei na hora. Levava a arma nas costas, entre a coluna e a calça. Você a usou muitas vezes?, perguntei. Sim, muitas vezes, disse, como se estivesse sonhando. Por muitos dias, a arma do Verme me obcecou. Receava ficar sentado num banco da Alameda conversando (ou monologando) com um homem armado, não pelo que ele pudesse me fazer, pois desde o primeiro instante soube que o Verme e eu sempre seríamos amigos, mas pelo temor de que a polícia do DF nos visse, com medo de que nos revistassem e descobrissem a arma do Verme e nós dois acabássemos nos calabouços de uma delegacia.

Certa manhã, ele ficou doente e me falou de Villaviciosa. Eu o vi lá da Librería de Cristal e ele me pareceu o mesmo de sempre, mas quando cheguei perto notei que sua camisa estava amarrotada, como se ele tivesse dormido com ela, e depois, quando me sentei a seu lado, percebi que estava tremendo sem parar. Você está com febre, falei, tem que ir para a cama. Acompanhei-o, apesar de seus protestos, até a pensão onde ele morava. Deite-se, disse a ele. O Verme tirou a camisa, pôs a pistola sob o travesseiro e pareceu adormecer de imediato, ainda que com os olhos abertos fixos no teto. Havia no quarto uma cama estreita, uma mesa de cabeceira, um velho guarda-roupa desconjuntado. Dentro do guarda-roupa vi três camisas brancas perfeitamente dobradas e duas calças da mesma cor, penduradas nos respectivos cabides. Debaixo da cama, distingui uma mala de couro de excelente qualidade, daquelas que tinham uma fechadura como as de cofre. Não vi nenhum jornal, nenhuma revista. Cheirava a desinfetante. Me dê dinheiro para ir à farmácia comprar alguma coisa para você, falei. Ele me deu um maço de notas que tirou do bolso da calça e ficou quieto novamente. De vez em quando, um calafrio o percorria da cabeça aos pés, como se fosse morrer. Por um momento, pensei que talvez fosse melhor chamar um médico, mas compreendi que o Verme não iria gostar. Quando voltei, carregado de remédios e garrafas de coca-cola, ele tinha dormido. Dei-lhe uma dose cavalar de antibióticos e uns comprimidos para baixar a febre. Depois o fiz beber meio litro de coca. Também tinha comprado uma panqueca, que deixei na mesa de cabeceira para o caso de ele ter fome mais tarde. Quando já estava para ir embora, ele abriu os olhos e começou a falar de Villaviciosa.

À sua maneira, foi pródigo em detalhes. Disse que o povoado não tinha mais que sessenta casas, duas cantinas, uma mercearia. Disse que as casas eram de adobe e que alguns pátios estavam cimentados. Disse que o povoado tinha entre dois mil e três mil anos e que os nativos de lá trabalhavam como assassinos e vigilantes. Disse que perto do povoado passava um rio chamado de Río Negro pela cor de suas águas, e que ao margear o cemitério formava um delta que a terra seca acabava absorvendo. Disse que as pessoas às vezes ficavam contemplando por um longo tempo o horizonte, o sol que desaparecia atrás do cerro El Lagarto, e que o horizonte parecia ter a cor da carne das costas de um moribundo. E o que elas esperam que apareça por lá? Não sei, disse ele. Depois disse: alguma merda. E depois: vento e poeira, talvez. Então pareceu se acalmar, e depois de um tempo pensei que tivesse adormecido. Voltarei amanhã, murmurei. Tome os remédios e não se levante. Na manhã seguinte, antes de ir para a pensão do Verme, dei uma passada, como sempre, na Librería de Cristal. Já estava quase saindo quando, através das paredes transparentes, eu o vi. Estava sentado no mesmo banco de sempre, com uma camisa branca folgada e limpa e calças brancas imaculadas, com o chapéu de palha e um Bali pendurado no lábio inferior. Olhava para a frente, como era habitual, e parecia saudável. Naquele meio-dia, quando nos despedimos, ele me estendeu, com um gesto tosco, várias notas, e disse algo acerca dos incômodos que eu tinha tido no dia anterior. Era muito dinheiro. Disse a ele que não me devia nada, que teria feito a mesma coisa por qualquer amigo. O Verme insistiu que eu pegasse o dinheiro. Assim você poderá comprar alguns livros, disse. Tenho muitos livros, respondi. Assim você deixaria de roubar livros por alguns dias, disse. No fim, aceitei o dinheiro. Muito tempo se passou, já não lembro quanto era, o peso mexicano se desvalorizou muitas vezes. Só lembro que deu para comprar vinte livros e dois discos.

Ele nunca mais me falou de Villaviciosa. Durante um mês e meio, talvez dois meses, nos vimos todas as manhãs e nos despedimos sempre ao meio-dia, quando chegava a hora do almoço e eu voltava para casa no ônibus de La Villa ou numa van. De vez em quando eu o convidava para ir ao cinema, mas o Verme nunca quis ir. Gostava de conversar comigo, os dois sentados na Alameda ou passeando pelas ruas dos arredores, e de vez em quando topava entrar num bar, onde sempre procurava o vendedor ambulante de ovos de tartaruga. Nunca o vi tocar em álcool. Poucos dias antes de ele desaparecer para sempre, deu de me fazer falar de Jacqueline Andere. Entendi que era sua forma de recordá-la. Eu falava de seu cabelo loiro-acinzentado e o comparava favorável ou desfavoravelmente com o cabelo loiro mel de seus filmes, e o Verme assentia de leve, com o olhar fixo à frente, como se a estivesse vendo pela primeira vez. Uma vez perguntei de que tipo de mulher ele gostava. Era uma pergunta estúpida, feita por um adolescente que só queria matar o tempo. Mas o Verme a levou ao pé da letra e por um bom tempo ficou cismando na resposta. Por fim, disse: das tranquilas. E depois acrescentou: mas só os mortos estão tranquilos. E um momento depois: pensando bem, nem os mortos.

Certa manhã, ele me deu uma navalha de presente. No cabo de osso dava para ler a palavra *Caborca* em letras de metal-branco. Lembro que lhe agradeci efusivamente e que, naquela manhã, enquanto conversávamos na Alameda ou passeávamos pelas conglomeradas ruas do centro, fiquei abrindo e fechando a lâmina, admirando a empunhadura, tenteando seu peso com a mão, maravilhado com suas proporções tão justas e amedrontando alguns pedestres que, ao ver a navalha, se afastavam, supondo uma intenção dolosa que de modo algum eu tinha. No mais, aquele dia foi igual a todos os outros. Na manhã seguinte, o Verme não estava mais lá.

Dois dias depois, fui procurá-lo na pensão e me disseram que ele tinha partido para o Norte. Nunca mais voltei a vê-lo.

3. A viagem

Dora Montes embarcou no *Donizetti* junto com cerca de outros vinte passageiros, dentre os quais eu me encontrava. O nome do porto em que pegamos o barco parecia uma broma ou um nonsense. E talvez fosse nonsense, mas broma, no sentido espanhol do termo, não era.

Depois veio a travessia pelas eclusas, com os passageiros madrugando para não perder nenhum detalhe (eu fiquei dormindo), e depois, no café da manhã, eu a vi. Dividia a mesa ao lado da minha com sua secretária, uma mulher insossa, de cabelos lisos e muito compridos que sempre estava vestida de preto, com um comerciante peruano e com meu companheiro de cabine. Eu, por minha vez, estava sentado com um jesuíta espanhol que se dirigia à Bolívia e que nos deixaria em El Callao, com um estudante chileno que voltava da Europa e com sua mulher, uma alemã que estava aprendendo a falar espanhol. A verdade é que eu não sei quem teve a ideia de nos deixar juntos. Não era por nossa nacionalidade, nem porque nossos nomes fossem alfabeticamente correlatos, nem porque dividíssemos uma mesma ala nas cabines. Foi simplesmente o acaso, e já durante a refeição que se seguiu àquele café da manhã descobrimos que podíamos, os quatro da minha mesa e os quatro da mesa vizinha, nos dar razoavelmente bem entre nós e até mesmo entre as duas mesas, e que as discussões, se houvesse alguma, seriam encaradas com tolerância e facilmente superadas.

Meu companheiro de cabine se chamava Johnny Paredes e seus pais o estavam mandando para o Chile para que se afastasse das más companhias de Caracas. Falava como venezuelano, parecia venezuelano, mas era um chileno que desde os dois ou três anos de idade vivia na Venezuela, onde seus pais tinham negócios. Gabava-se de ter dinheiro. Pretendia morar na casa de uma tia em Viña del Mar e tinha o propósito de estudar valentemente e de não fazer amizades masculinas. A cabine, de quatro lugares, só era compartilhada por ele e por mim, e desde o primeiro encontro ele deixou claro que não era homossexual e que, se eu tivesse alguma ideia estranha a esse respeito, era melhor não me iludir. Tínhamos a mesma idade, mas eu parecia mais velho por causa de meu cabelo comprido, meu bigode e minha barba. Aquela era a primeira vez que Johnny Paredes viajava sozinho, e dava para notar. Também era minha primeira vez, mas eu disfarçava melhor, pois minha viagem tinha começado dois meses antes. Às vezes, eu me lembrava de meus pais se despedindo de mim numa estação rodoviária na Cidade do México e sentia tristeza e saudade. A estação tinha um letreiro com caracteres de neon onde se lia: Gran Estación del Sur, e dali partiam todos os viajantes que iam para Puebla, Oaxaca, Chiapas, e também os que se dirigiam à Guatemala. Eu, como Johnny Paredes, deveria estar estudando na universidade, no meu caso a Universidad Nacional Autónoma de México, mas tinha sido expulso de dois cursos preparatórios e meu futuro universitário era negro como um velho bolero impossível. Uma noite, meu pai me deixou num dilema, ou trabalhar na Cidade do México ou trabalhar em Sonora. Falei que preferia ir para Sonora. Fiquei lá por três meses e uma noite, bêbado e drogado, visitei o túmulo de meu avô em Santa Teresa, e na manhã seguinte peguei o primeiro ônibus de volta para a Cidade do México. Lembro que me sentia muito mal e que disse ao motorista que provavelmente vomitaria durante o trajeto, e que o motorista me deu um saco plástico e disse para eu não me preocupar. Também falei para ele me avisar quando passássemos por Villaviciosa, e quando eu disse isso o motorista me olhou de outra maneira, como se percebesse que estava levando um louco, e depois me disse que o ônibus não passava por lá, mas que ele me indicaria quando passássemos perto, ainda que a única coisa que eu conseguiria ver seriam uns cerros pelados. Disse a ele que tudo bem e fui dormir. Quando ele me acordou, eu não sabia onde estava. O sol era ofuscante, de um amarelo quase branco. À esquerda, disse o motorista. Olhei protegendo os olhos com a mão: só vi cerros, tal como ele havia dito, e na ponta dos cerros algumas árvores inclassificáveis, sem folhas, escuras. Quando cheguei em casa, contei para meu pai que tinha largado o trabalho em Sonora. Não sirvo para isso, falei. O que você quer fazer, então?, disse meu pai. A revolução, disse eu. Que revolução?, disse meu pai. A revolução americana, claro, disse eu. Que revolução americana?, disse ele. Minha mãe, até então silenciosa, disse Meu Deus. Depois eu disse a eles que iria para o Chile. A revolução chilena?, disse meu pai. Movi a cabeça confirmando. Mas se você é mexicano, disse meu pai. Não, sou chileno, disse eu, mas isso é o de menos, todos nós latino-americanos deveríamos ir para o Chile apoiar a revolução. E quem vai pagar sua viagem?, disse meu pai. Vocês, se quiserem, disse eu, senão vou de carona. Naquela noite, segundo minha irmã me contou, meu pai e minha mãe ficaram chorando por muito tempo, ela os escutou de seu quarto. Deviam estar fodendo, disse eu (não, fodendo com certeza não, disse eu, deviam estar transando, transando, tomara que estivessem transando). Uma semana depois, eles me deram dinheiro para atravessar a América Central de ônibus e compraram na própria Cidade do México a passagem de barco que me levaria do Panamá a Valparaíso. Queriam que eu fosse de avião, é claro, mas consegui dissuadi-los com o argumento de que viajar por terra era formativo, educativo e, além disso, mais barato. A mera ideia de pôr os pés num aeroporto me arrepiava os cabelos.

Uma tarde, quando eu estava escrevendo, Dora Montes sentou-se a meu lado e começou a bater papo. Perguntou se eu estava escrevendo para meus pais, depois perguntou se era uma carta para minha namorada e, finalmente, quis saber se se tratava de um diário íntimo. Respondi que não era uma carta e que, aliás, eu não tinha namorada nem levava um diário. Surpreendentemente, ao chegarmos a esse ponto, a curiosidade de Dora Montes se esfumou (fui eu quem lhe disse mais tarde, e sem que ela me perguntasse, que aquilo era um conto) e ela começou a me contar o que tinha sentido de manhã quando, do convés, vimos duas baleias. Falou dos esposos místicos, da vida nos oceanos e finalmente, não sei por quê, de dinheiro. Foi nessa tarde que me explicou no que trabalhava. Era vedete de espetáculos de cabaré. Concretamente, fazia striptease. Agora estava voltando para o Chile depois de uma turnê por diversos *nightclubs* da América Central, todos sinistros, exceto o Carrusel, do Panamá, onde trabalhou durante dois meses. Naturalmente, ela preferia trabalhar em Santiago ou em Valparaíso, só que no Chile, confessou, os tempos não andavam bons para stripteasers. Dali a seis meses, tempo que duraria um novo contrato que tinha em Santiago, ela teria de voltar para a América Central e isso, desde já, a deixava deprimida. Mas havia uma esperança: que seu agente lhe conseguisse atuações em Buenos Aires, embora logo em seguida ela reconhecesse com humildade que lá a concorrência era excessiva.

Dora Montes devia ter uns trinta anos e era morena, de estatura mediana e bastante honrada. Via o lado bom de quase tudo, ainda que pessoalmente não se entusiasmasse com nada. Sua secretária (que na verdade era sua irmã, mas eu só soube disso no segundo dia de viagem) passava grande parte do dia jogada no convés de popa, vítima de enxaquecas que, como dizia, o ar marinho lhe causava. À primeira vista, parecia inútil como secretária ou ajudante, e Johnny Paredes certa vez lhe perguntou que diabos ela estava fazendo lá. Sem dúvida, era mais provável que sua utilidade se desdobrasse atrás das bambolinas, em terra firme, como costureira, tesoureira ou enfermeira, do que durante um cruzeiro tranquilo. Com o passar dos dias, compreendi que Dora Montes provavelmente teria se suicidado se não contasse a todo momento com a presença sutil da irmã. Dora acreditava, de maneira bastante misteriosa, que aquela convocava para si todos os males que a espreitavam (que ela intuía, não sei por quê, serem numerosos), e assim, por exemplo, se bebesse além da conta, quem se sentia mal no dia seguinte era sua secretária. Quando lhe expressei minhas dúvidas acerca dessa estranha empatia, Dora Montes afirmou que isso era algo usual em sua família e que já tinha acontecido com sua mãe e com a irmã mais velha de sua mãe. Uma noite, ao voltar do salão de festas para minha cabine, encontrei Dora e Johnny na cama. No dia seguinte, enquanto eu escrevia, Dora se aproximou e me disse que não pensasse mal dela. Falei que claro que não, que não se preocupasse. Depois ela se sentou a meu lado e, após um silêncio prolongado, no qual contemplava ora o mar, ora meu caderno, passou a me explicar com franqueza e simplicidade que a culpa era toda minha. Lembro que ela estava com uma calça boca de sino azul-celeste e que tinha o cabelo preso na nuca, um cabelo muito preto, enegrecido, forte ao tato. Não sei por quê, de repente, tive vontade de machucá-la. Falei que se ela quisesse se confessar tínhamos o jesuíta espanhol à mão. Isso foi tudo. Me arrependi quase no ato. Mas antes senti (e talvez tenha sentido satisfação) como Dora Montes me cravava um olhar de desprezo e depois se levantava murmurando, como que para si, uma frase insultuosa que me deixou gelado (até esse dia eu nunca tinha ouvido da boca de uma mulher uma frase tão vulgar e tão certeira, tão impossível de errar o alvo) e que eu não achava, de jeito nenhum, que merecia. Naquela noite, ao voltar para minha cabine, Johnny Paredes mais uma vez me pediu que me perdesse pelo convés durante uma hora.

Toda noite nós, os viajantes da segunda classe, celebrávamos uma festa. Tínhamos uma banda que de dia lavava pratos na cozinha e de noite animava nossos bailes. Todos eram italianos, e muitos eram comunistas que simpatizavam com a via chilena para o socialismo. Às vezes, solicitavam a presença de um voluntário do público, para que subisse ao palco e cantasse, ou fizesse um número de mágica, ou contasse anedotas. Quando chegávamos a um porto, desapareciam em bloco e ficavam o máximo de tempo possível num bordel, de onde voltavam tão extenuados que eram incapazes, na primeira noite depois de retomada a navegação, de animar nossas festas, e tínhamos de nos conformar com a música de um toca-discos. O restante dos marinheiros levava com mais calma as atracações e muitos nem chegavam a descer para o porto. Os passageiros costumavam se despedir daqueles que desembarcavam definitivamente agitando lenços da passarela, mesmo que minutos depois eles também fossem desembarcar para uma breve visita turística. Quando perguntei a uma peruana que voltava da Itália por que os amigos dos que estavam indo embora não desciam para se despedir em terra, sua resposta foi que assim era mais romântico.

Às vezes, falávamos de política. Em minha mesa, o estudante que estava voltando da Europa se declarou democrata-cristão; sua mulher alemã, democrata; e o jesuíta espanhol se declarou de esquerda, genericamente, sem especificar nenhum partido. Na mesa vizinha, Dora Montes disse que não se interessava por política, sua irmã confessou ter simpatia pela direita, Johnny Paredes disse ser um apolítico convicto (permitiu-se até a tolice de afirmar: "Depois de muito estudar o panorama, opto pela apolítica") e o comerciante peruano, que transportava tubulações e ferramentas de segunda mão compradas no Panamá e que vivia preocupado com a alfândega de seu país, acerca da qual constantemente fazia conjecturas peregrinas — pretendia passar seu material como bagagem pessoal —, murmurou que se inclinava, modestamente, pela Alianza Popular Revolucionária Americana. Era com o jesuíta espanhol que eu mais costumava falar. Uma noite, apoiados na borda, enquanto ouvíamos às nossas costas canções de Rita Pavone, ele me deu uma palestra sobre o pensamento de Erasmo e de Spinoza nas lutas de libertação latino-americanas. Em agradecimento, obriguei-o a ler meu melhor conto, que tratava de uma invasão extraterrestre. Os extraterrestres eram muito parecidos com formigas: igualmente pequenos, igualmente fortes; igualmente organizados, mas com um grau de avanço tecnológico superior ao do homem. As primeiras naves espaciais que chegavam à Terra (três) tinham um metro e meio de comprimento, quarenta centímetros de altura e meio metro de largura. A princípio, suas intenções eram pacíficas, celebravam-se conversações nas Nações Unidas, davam-lhes as boas-vindas, e a única coisa que as naves-formigas faziam era orbitar ao redor do planeta, com uma ou outra misteriosa e ocasional incursão, na maioria das vezes por cidades pequenas, cruzamentos de estradas pouco movimentadas, montanhas cujos nomes ninguém no mundo ouvira até então. Mas noventa dias depois, quando a expectativa e a alegria causadas por sua presença começam a diminuir, duas das naves deixam sua órbita na estratosfera e aparecem numa plantação do condado de Jefferson, no oeste da Virgínia. Os campos em questão pertencem a John Taeger e são dedicados ao cultivo de tabaco. Assim que o assustado proprietário avisa o xerife do condado, a plantação se vê invadida por autoridades estaduais e federais, policiais, militares do Pentágono, câmeras de tevê, curiosos etc. As formigas extraterrestres saem de suas naves em pequenos dispositivos voadores com não mais de cinco centímetros de diâmetro e entabulam uma comunicação rudimentar com as autoridades norte-americanas. Nesse ínterim, outras formigas começaram a fazer buracos e a levantar torres de um material que parece feito de finos arames entrecruzados. Cinco horas depois, as autoridades da Terra decifram a mensagem: as formigas decidiram tomar posse do lugar. Dado o alerta para o presidente dos Estados Unidos, o Conselho de Segurança das Nações Unidas, os especialistas ufólogos do mundo inteiro e a cúpula do Pentágono, no fim não se chega a nenhum acordo, e as únicas medidas tomadas são aconselhar a família Taeger a abandonar sua casa e cercar a plantação com uma forte barreira de segurança. Naquela noite, claro, todo mundo fica em vigília: os agentes que vigiam o acesso à plantação, os radares da segurança nacional norte-americana, os rapazes da imprensa que aguardam alguma notícia no local dos fatos, os vendedores de sanduíches e camisetas que se aproximaram da plantação e John Taeger, que se negou terminantemente a abandonar sua casa e passa a noite toda sentado no alpendre, às vezes chorando com amargura, às vezes tentando ver o lado positivo da nova e inesperada situação. O presidente dos Estados Unidos liga duas vezes para o primeiro-ministro soviético. O primeiro-ministro soviético liga uma vez para o presidente dos Estados Unidos. As formigas, vigiadas por aparelhos infravermelhos da polícia militar e do FBI, trabalham a noite toda. Na manhã seguinte, ninguém sabe como, a notícia-bomba vazou para a imprensa. As formigas extraterrestres pretendem não só espoliar a família Taeger, como tomar posse de *todo* o condado de Jefferson. A notícia, rapidamente captada por jornais e cadeias de televisão do mundo todo, suscita reações contrárias. De início, a opinião pública norte-americana se divide em dois lados: os que se negam terminantemente a alienar um único metro quadrado de soberania nacional e os que veem na intenção dos insetos extraterrestres uma oportunidade para o intercâmbio tecnológico, a cooperação na corrida espacial (com a ajuda das formigas, os russos logo ficariam sabendo), o desenvolvimento acelerado da astronomia, da física, da astrofísica, da matemática quântica, tudo em troca de um condado meio pobre, pouco industrializado e dedicado à monocultura de um tipo de tabaco cuja qualidade não é das melhores. O dia seguinte, além de causar um infarto no infeliz John Taeger, é pródigo em todo tipo de reuniões. Os encontros se sucedem a uma velocidade febril. O Rotary Club do condado de Jefferson propõe que seja cedido às formigas um território similar, mas em Honduras. Os embaixadores europeus e do Pacto de Varsóvia confiam que o presidente norte-americano vai manter a calma e tratar de solucionar o litígio por meios pacíficos. Os especialistas fazem cálculos: se nas duas naves que desceram nas terras de Taeger há entre cinco mil e dez mil formigas, e se elas são capazes de se reproduzir na Terra, e se contam com poder suficiente para eliminar seus inimigos naturais, e se a vida delas é duas vezes mais longa do que as dos himenópteros ou neurópteros nativos, e até mesmo se for três vezes mais longa, e se o que elas procuram existe em abundância no condado de Jefferson (e tudo leva a supor que é assim), levará no mínimo cem anos até resolverem pedir a cessão de outro condado com características similares. No entanto, a voz dos belicistas, nesse primeiro dia de deliberações, sobe de tom: um ataque massivo à plantação de Taeger, aéreo e terrestre, eliminaria os extraterrestres de uma tacada; com a nave que ainda orbitava ao redor da Terra seria possível, numa situação de igual para igual, chegar a um acordo posterior ou derrubá-la; as medidas contrárias só fariam fortalecer as formigas, permitindo que o câncer extraterrestre se multiplicasse nos Estados Unidos e, a longo prazo, no mundo inteiro. O dia termina com uma sensação de esgotamento e expectativa. As formigas, segundo os informes dos observadores, não pararam de trabalhar nem por um minuto. No dia seguinte, o presidente dos Estados Unidos toma uma decisão. Comunica aos extraterrestres que a terra de que se apossaram é propriedade privada de John Taeger, que no momento não tem intenção de vendê-la, e que além disso essas terras, vendáveis ou não vendáveis, estão sob a jurisdição e a bandeira dos Estados Unidos da América; e que, portanto, devem cessar de imediato as prospecções e/ou os trabalhos extraterrestres, *sub sole* ou *sub terra*, no condado de Jefferson, e que as formigas devem enviar imediatamente uma delegação à Casa Branca para discutir os termos de sua projetada estadia nos Estados Unidos e, em geral, na Terra. A resposta das formigas é sucinta: não vieram espoliar ninguém, suas intenções *em princípio* são comerciais e pacíficas, escolheram um condado relativamente pequeno e não muito povoado, em suma, não acham que seja para tanto. Requisições posteriores recebem o silêncio como resposta. Os militares pensam que chegou a vez deles de agir. O bombardeio a que planejam submeter as formigas será limitado, mas contundente, e cobrirá uma área de dois quilômetros ao redor, tendo como epicentro o ponto no qual ainda estão pousadas suas duas naves interestelares. Após uma longa hesitação que dura um dia inteiro, e diante do mutismo dos extraterrestres, que alguns conselheiros confundem com indiferença e mesmo com soberba, o presidente dá a ordem de bombardeio. Ato contínuo, a zona que compreende a casa dos Taeger e a de dois outros sitiantes é evacuada, além de um cruzamento de estradas que, em sua época, o coronel Mosby tornou famoso, e onde se exibe uma placa comemorativa enferrujada que ninguém se lembra de pôr a salvo, e dão início ao bombardeio. Este é realizado por aviões que despejam sobre a área uma quantidade considerável de bombas testadas com sucesso no Vietnã. Mas tudo falha. As poucas bombas que conseguem cair são neutralizadas pelo que alguns autores de ficção científica convidados para programas de tevê ao vivo chamam, com indisfarçável alvoroço, de *campo magnético de proteção* ou de *barreira de proteção eletromagnética*. A maioria dos aviões, além disso, é derrubada por um raio misterioso que surge do céu e que os especialistas logo identificam como procedente de uma nave que está fora da atmosfera terrestre. A resposta das formigas, porém, não se limita a repelir o ataque; logo depois, o "raio da morte", como não tardará a ser batizado pela imprensa sensacionalista, cai sobre a Casa Branca com uma precisão de arrepiar, deixando-a reduzida a cinzas. No ataque, morrem todos os que naquele momento estão no edifício, incluídos o presidente dos Estados Unidos (Richard Nixon) e a maioria de seus colaboradores. Seu posto é ocupado pelo vice-presidente (Spiro Agnew), que põe em alerta máximo o Comando Aéreo Estratégico Nuclear, ainda que minutos depois de jurar seu novo cargo ele tenha sido dissuadido, por gente conhecida e desconhecida, de lançar um ataque nuclear sobre a Virgínia. Uma escaramuça por terra, levada a cabo por milícias virginianas e por um comando especializado em guerra bacteriológica e química, acaba de maneira desastrosa, com os soldados queimados até os ossos. E depois da tempestade, finalmente vem a calmaria. O novo presidente norte-americano suspende qualquer preparativo bélico. O perímetro da plantação de Taeger, cercado por forças de segurança, é abandonado. As tropas que antes eram vistas transitando por algumas cidades do condado de Jefferson desaparecem. Com o passar das semanas se estabelece, de fato, a soberania das formigas, ou pelo menos seu livre usufruto do condado de Jefferson. Muitos de seus habitantes abandonam suas casas e se mudam para a Califórnia. Outros permanecem na expectativa. Mas nada acontece; podem continuar em casa, podem transitar por suas estradas sem controles formigais, podem sair do condado e entrar novamente sem que ninguém os incomode. De fato, são *muito poucos* os que viram as formigas extraterrestres, e até mesmo em um ou outro jornal de Idaho e de Montana (e em vários da América Latina) surgem vozes que questionam sua existência real. Para as pessoas que vivem perto da antiga plantação de Taeger, no entanto, as coisas mudaram: ninguém ousa pisar numa formiga, que dirá num formigueiro, no verão só usam inseticida dentro de casa, no bom entendimento de que os extraterrestres nunca cairiam numa armadilha tão tosca. Em muitos lugares do mundo, sobretudo no meio literário e no artístico, multiplicam-se por mil os casos de zoopsia, que alguns atribuem ao aumento do alcoolismo e ao consumo de drogas, e outros, mais delicados, à manifestação nas almas mais sensíveis de uma ameaça futura. Um belo dia, os radares do mundo todo captam a decolagem das duas naves que permaneciam no condado de Jefferson. Pouco depois, ainda sem poder acreditar, a notícia dá a volta ao mundo. Das três naves-formigas, só uma permanece orbitando ao redor da Terra, as outras duas desapareceram no vasto espaço, provavelmente de volta a seu planeta de origem. Na antiga plantação de Taeger, segundo mostram as fotos de aviões de espionagem e de um ou outro curioso imprudente, as coisas quase não mudaram: há cinco torres de arame trançado com uma altura não superior a um metro e meio, separadas entre si por não mais de quarenta centímetros e, ao redor delas, de vez em quando revoluteiam pequenas naves-vespas. O restante de sua colônia, como é óbvio deduzir, encontra-se sob a terra, ninguém no condado de Jefferson travou ainda qualquer contato físico com os extraterrestres. O Pentágono, diante dessa nova situação, propõe novo ataque. O presidente hesita, ou parece hesitar. Trava conversações com as potências amigas. Estas o aconselham a falar com os russos, mas o presidente e seus assessores avaliam que os soviéticos são capazes de comunicar suas intenções às formigas. Pesam no ânimo do presidente muitas considerações, mas, por fim, a que se impõe é a visão da Casa Branca destruída, inclusive com seu complexo subterrâneo antinuclear. Para alívio de muitos, chega-se a um status quo. Começa uma nova época na Terra. As Nações Unidas oferecem para as formigas uma cadeira na Assembleia Permanente, cadeira que, por questões de decoro, elas recusam. Apesar de tudo, uma comunicação fluida se estabelece entre terrestres e extraterrestres. Um grupo de especialistas que vai até a antiga plantação de Taeger, em cujos limites instalam seu maquinário e suas tendas de campanha, emite o parecer de que serão necessários pelo menos cinquenta anos para que o condado de Jefferson fique pequeno para os extraterrestres, considerando que em dois meses não chegaram nem ao pátio da casa. Além do mais, com o tempo o conhecimento sobre as formigas as tornará mais acessíveis e, portanto, mais vulneráveis. Publicam-se ensaios e chega-se a algumas conclusões: as formigas não se alimentam da mesma coisa que suas irmãs da Terra, tudo leva a pensar que desconhecem a linguagem escrita, sua cultura é onírica, o terreno sobre o qual se estabeleceram não experimenta mudanças notáveis na superfície. Todas essas conclusões, é claro, são parciais. Segundo os sitiantes da região, as formigas comem formigas. Um guia turístico da Grande Pirâmide de Teotihuacán diz ter visto naves extraterrestres, não maiores do que um maço de cigarros, paradas junto a um dos muitos formigueiros existentes nas proximidades da pirâmide. As formigas terrestres eram levadas uma por uma para dentro das naves. Um padre missionário no Amazonas afirma ter presenciado uma epifania (Deus me perdoe) junto a um fervedouro de formigas vermelhas na região de Manicoré. As formigas vermelhas, diz o missionário, eram elevadas silenciosamente pelo ar até o interior de objetos voadores similares a um ovo cozido, só que preto e cheio de rachaduras. Junto ao formigueiro, as formigas vermelhas, em vez de fugir, se alçavam umas sobre as outras como se quisessem tocar com suas antenas os ovos que...

O conto estava inconcluso. É possível, falei para o jesuíta, que eu o aumente até transformá-lo num romance. O jesuíta não fez nenhum comentário. Imaginei que não teria gostado da última parte, a do missionário no Amazonas, e quando voltei para a festa fiquei pensando em fazer algumas modificações e pedir a ele que lesse de novo. Mas então a secretária de Dora Montes se aproximou e me esqueci do conto e do jesuíta. Dora vai fazer uma loucura, foi a primeira coisa que me disse, eu sentado e ela de pé, inclinada sobre mim, quase no ouvido. Tinha um cheiro de tempero picante, um misto de comida italiana e perfume. Eu quis saber que tipo de loucura. Uma loucura de amor, que outra seria, disse a secretária, sentando-se a meu lado. Sua mão procurou a minha por baixo da mesa e me entregou furtivamente uma nota. Me convide para um drinque, disse sorrindo. Ao me levantar, tentei ver se Dora Montes estava na sala, mas não a vi. Quando voltei com dois uísques, entreguei-lhe o troco por cima da mesa e pedi que me explicasse claramente o que estava acontecendo com Dora. Ela vai fazer um striptease na frente de todos, disse, me olhando muito fixo. E o culpado é você, acrescentou.

Uma das lembranças mais indeléveis de meu regresso ao Chile está cifrada na noite que passei numa pensão da Guatemala. As paredes deviam ser muito finas, e a cabeceira de minha cama provavelmente estava colada à cabeceira da cama do quarto contíguo. No início, tudo estava silencioso e eu me dispus a terminar de ler um livro fumando placidamente. O livro era *Afrodite*, de Pierre Louys. Em algum momento, devo ter adormecido. Então percebi vozes e acordei. Eram dois homens conversando. Pelo sotaque eu soube que não eram mexicanos, um deles talvez fosse centro-americano, o outro poderia ser venezuelano ou panamenho. Não sei por que imaginei que o último era negro. O quarto, igual ao meu, tinha duas camas, e o centro-americano ocupava a que estava junto à minha: por um momento, imaginei sua cabeça apoiada exatamente no lugar da parede em que eu apoiava minha cabeça. Desde antes de acordar, eu soube sobre o que conversavam ou discutiam: não sei a que outro motivo poderia atribuir a angústia que imediatamente senti. O centro-americano falava de facas. O venezuelano, talvez mais angustiado do que eu, elogiava várias marcas. O centro-americano o mandava se calar, dizia que o importante numa faca era o braço que a guiava. O venezuelano elogiava vários faqueiros de seu país. O centro-americano dizia que tudo isso (mas o quê?) era frescura, que os faqueiros de verdade viviam no anonimato. O venezuelano dizia que era verdade, que o anonimato e a humildade eram o terno de domingo dos homens. O centro-americano dizia que os homens que tinham terno de domingo não mereciam ser chamados de homens. O venezuelano assentia, incansável, e dizia que ele estava coberto de razão, que os homens de verdade andam bem-vestidos nos sete dias da semana. O centro-americano dizia que os homens de verdade viviam no anonimato e no sangue, e que ali ternos não eram necessários. O venezuelano dizia que aquilo era poesia, o anonimato e o sangue, que bonito que fica. Daí o centro-americano tossia, como se a presença do venezuelano o sufocasse, e contava uma história. A história era sobre uma mulher, uma vedete como Dora Montes, a quem se afeiçoara. Uma mulher bonita, dizia, de vinte e oito anos muito bem vividos, séria e trabalhadora. Uma mulher com a qual teve um filho ou uma filha (isso não ficava claro; era até possível que estivesse se referindo a um filho anterior da mulher) e com a qual viveu feliz por um tempo. Uma mulher que ele fazia trabalhar e que não reclamava. Uma mulher que ele podia xingar e surrar sem ouvir de seus lábios senão queixas razoáveis (ele empregou a palavra razão várias vezes, e também sensatez e insensatez). E o que houve, compadre?, dizia a voz trêmula do venezuelano que eu imaginava negro, talvez boxeador, em todo caso mais forte do que o centro-americano, capaz de derrubá-lo em nove de cada dez ocasiões, mas renuente a uma briga, com vontade de dormir e de continuar viajando no dia seguinte. O que houve?, dizia o centro-americano em meu ouvido. O que aconteceu, compadre, com aquela vida feliz?, repetia o venezuelano. Faz cinco meses que a matei, dizia o centro-americano. E depois: com uma faca de cozinha. E muito depois: enterrei-a no pátio do nosso ninhozinho de amor. E quando eu já estava dormindo: falei que ela tinha saído em turnê. Para as autoridades, compadre? Para os guardas, sim, dizia o centro-americano, com uma voz onde se notavam o sono e o cansaço, o fim da bebedeira e da agressividade, a disposição até mesmo da nudez.

Naquela noite, encontrei Dora Montes no convés, numa área reservada aos pouquíssimos passageiros da primeira classe. Estava bêbada. Disse a ela que não podia fazer nenhum striptease e levei-a para minha cabine. Fizemos amor até que Johnny Paredes voltou. Dora, ao contrário de muitos bêbados cujos corpos amolecem ou perdem a sincronização, estava dura e se movia com precisão matemática. Porra, disse Johnny Paredes ao acender a luz, estive procurando você durante horas, sua irmã me disse que você queria se matar. Depois sentou-se em seu beliche e começamos a conversar. Segundo Dora, ela só estava triste e não pretendia se suicidar (só as tolas fazem isso), muito menos tirar a roupa em público. Minha irmã deve ter inventado isso pra que você me procurasse, disse me olhando nos olhos. Se quiserem eu volto daqui a uma hora, disse Johnny Paredes. Não precisa, disse Dora, vá para o seu beliche e durma. Johnny apagou a luz e tirou a roupa no escuro. Boa noite, disse ele. Boa noite, dissemos. Não se via absolutamente nada, mas eu sabia que Dora estava sorrindo.

Na tarde seguinte, Dora fez amor com Johnny Paredes. À noite, fez de novo comigo, e quando chegamos a Arica, para comemorar que estávamos em terra chilena, nós três fizemos juntos e foi um desastre. Johnny e eu só ficamos nos vigiando sorrateiramente, e no fim Dora teve um ataque de riso.

Chegamos a Valparaíso de noite, e não sei por que não nos deixaram desembarcar até a manhã seguinte. Naquela noite, Dora Montes, sua secretária, Johnny Paredes e eu ficamos conversando até tarde no convés, observando as luzes das colinas e ouvindo a rádio chilena. Lembro que Johnny contou histórias das gangues de Caracas, provavelmente inventadas, Dora e sua irmã contaram anedotas de cabarés centro-americanos e eu contei que tinha visto *O último tango em Paris* no Panamá e que tinha conhecido um garçom negro, no bar embaixo da minha pensão, que tinha visto todos, absolutamente todos os filmes mexicanos, e que me aconselhou a não voltar para o Chile. Dora e sua irmã não fizeram nenhum comentário. Mas Johnny pareceu interessado. E por que ele disse pra você não voltar? Não sei, disse eu. Era negro, magro como um palito e acho que era homossexual, e dizia que ia com a minha cara. Ah, bom, disse Johnny, agora dá pra entender. Ele me disse até que sabia como revender a passagem de barco para que eu pudesse voltar para o México. Não continue, disse Johnny, já está tudo claro.

No dia seguinte, deixamos o barco. Johnny Paredes era esperado por sua tia de Viña del Mar. Dora e sua secretária eram esperadas por dois sujeitos grandes, de bigode, vestidos com ternos escuros. Nossa despedida foi formal. Depois coloquei a mochila nas costas e fui andando até a estação de trem.

4. O golpe

Eu estava sonhando com uma mulher de olhos brilhantes quando fui acordado pelos gritos de Juan de la Cruz, um pintor e entalhador de virgens em cuja casa eu estava hospedado. A primeira coisa que pensei foi que estavam me expulsando da casa ou que havia um telefonema do México para mim, alguma coisa grave, talvez relacionada à saúde de minha mãe. Depois me dei conta de que Juan de la Cruz não estava gritando, mas gemendo, e que puxava os cabelos com uma das mãos, enquanto com a outra sacudia meu ombro, embora ao falar sua voz quase não passasse de um sussurro, como se temesse ser ouvido. Pulei da cama nu e perguntei se estavam ligando para mim. O artista sentou-se na cama que eu tinha acabado de deixar e disse para eu não me preocupar, que minha mãe estava bem, ou ele achava que sim, e depois me disse que quem dera ele pudesse estar agora junto de minha mãe e até junto de meu pai, ou mendigando por Chapultepec, que é algo que os turistas recordam, e Juan de la Cruz, não fazia muito, estivera no México. Os militares se sublevaram, disse, está tudo perdido. Minha primeira sensação foi de alívio. Minha mãe estava bem, minha família estava bem. Me vesti, fui até o banheiro lavar o rosto e escovar os dentes, seguido pelo pintor, que me resumia várias vezes o que havia acontecido até então, e depois tomamos juntos uma xícara de chá. Perguntei o que ele pretendia fazer. O que quer que eu faça?, me disse, sou um artista, está tudo perdido.

Eu não acreditava nisso, e antes de ir para a rua procurei minha navalha *Caborca* dentro da mochila, guardei-a no bolso e saí. Era um bairro de classe trabalhadora, de casas térreas, com jardim e pátio, que se estendia desmedidamente junto à estrada que ligava Santiago ao sul. Do outro lado da estrada se erguia uma povoação recente, de ruas estreitas e sem asfalto, ligada ao bairro, a seus comércios, por escassas e excessivamente elevadas passarelas de ferro para pedestres. Os dois lados da estrada estavam cheios de terrenos baldios.

A rua estava vazia, mas eu sabia que os vizinhos do artista eram socialistas, pois à noite as pessoas do bairro costumavam sair para conversar em seus jardins, e eu, em uma ocasião, tinha falado com eles. Então atravessei a rua e bati à porta deles. Eu não era comunista nem socialista, mas me pareceu que aquele não era um dia para escolher companheiros. Os socialistas eram órfãos, um tinha dezessete anos e o outro quinze, e os encontrei tomando o café da manhã. Moravam com o irmão mais velho, que tinha vinte anos e saíra para sua fábrica havia pouco. Eles me convidaram para tomar uma xícara de chá e, no início, tive a impressão de que o irmão estava indo trabalhar. Depois percebi que não, que naquele dia ninguém trabalharia.

Um dos socialistas disse que estavam distribuindo armas e coordenando a ação de todos os grupos de esquerda na célula comunista do bairro, e quando terminamos nossos chás fomos para lá. A célula comunista estava instalada na casa de um operário do Partido Comunista, um sujeito gordinho e de baixa estatura que a presença de tanta gente desconhecida na sala de jantar de sua casa conseguia abalar de forma evidente. Às vezes, o gordinho parecia a ponto de cair no choro, ainda que no último instante sempre mantivesse a compostura. Os irmãos socialistas eram conhecidos lá, e me apresentaram sucintamente: um companheiro, disseram, e o gordo e sua mulher disseram bom dia, companheiro, e depois deram de ombros.

Cada recém-chegado trazia notícias novas e contraditórias. Todos falavam ao mesmo tempo, e às vezes o gordo se refugiava num canto, sob o retrato de um homem e uma mulher, também gordos e com um sorriso literalmente de orelha a orelha, que deviam ser seus pais, e então se dedicava a tirar moedas de um bolso, contá-las, guardá-las, tirar moedas do outro bolso, contá-las, guardá-las. Depois afundava a cabeça entre as mãos e tentava pensar.

Os reunidos na sala de jantar eram mais de quinze e representavam quase todo o arco da esquerda chilena, parlamentar e extraparlamentar. A mulher do gordo saiu da cozinha com uma bandeja cheia de copos e um bule de chá. De repente, o tom das discussões baixou e todos nos sentamos onde dava, a maioria no chão, e começamos a beber chá. Lembro que nos tratávamos por companheiros e companheiras, embora até o dia anterior mal tivéssemos nos visto umas duas vezes. Entre os jovens, principalmente, o nível de camaradagem era extremo. O gordo aproveitou o primeiro momento de calma e disse que devíamos entrar em contato com a organização para receber ordens concretas e notícias fidedignas. A missão, que deveria se realizar em pleno dia, sob toque de recolher e a bordo de uma bicicleta, foi delegada a mim. Então me dei conta de que eles pensavam que eu era estrangeiro (e, portanto, um ativista experiente) e me apressei em corrigir seu equívoco, disse que era chileno, que falava com outro sotaque porque tinha acabado de chegar do México, onde vivera muitos anos, que não tinha a menor experiência em situações como aquela e que, além do mais, mal conhecia Santiago. A notícia mergulhou todos, mas especialmente o gordo, numa tristeza profunda. Por um momento, pensei que ele diria que fôssemos para casa. No entanto, o gordo insistiu em sua ideia e pediu um voluntário. Todos se negaram, alegando um motivo ou outro. A mulher do gordo, da cozinha, nos olhava com tristeza. Bem, disse o gordo, encerrando a questão, eu mesmo irei.

Alguns de nós fomos até a rua para nos despedir ou para aconselhá-lo sobre o melhor caminho a seguir. Evitando as ruas mais movimentadas, o trajeto era de pelo menos vinte minutos. Antes de ir, o gordo se despediu dos filhos e depois montou na bicicleta e se afastou. Era a única pessoa que transitava por aquelas ruas vazias, e mantinha o equilíbrio com certa dificuldade. Que eu saiba, nunca mais voltou para casa.

Depois a mulher do gordo preparou mais chá e todos nos servimos de mais uma rodada. Alguns começaram a falar de futebol. As conversas se fragmentaram em duplas e trios. Alguém começou a contar piadas. As paredes e o piso eram de madeira e tinham um cheiro bom. De repente me senti cansado, e teria ido dormir com prazer. O gordo parecia ter levado consigo o sonho da História, e nós, os que ficamos na casa, no fundo sabíamos, alguns mais, alguns menos, que tudo estava perdido.

Pouco depois chegou outro comunista, um sujeito com um pulôver que parecia tricotado com pelo, e disse que era uma barbaridade tanta gente reunida sem fazer nada além de beber chá. Já era hora de você aparecer, Pancho, disse a mulher do gordo. Compreendemos que o tal Pancho era o chefe da célula e que o gordo, em sua ausência, só havia atuado como suplente. Os irmãos socialistas e mais alguns jovens, todos com menos de vinte anos, disseram que queriam ação, mas que, diante da falta de armas, nos conformávamos com o chá. Agora vão ter ação, disse o tal Pancho, e se sentou à cabeceira da mesa, organizando-nos em fila. Anotou nossos nomes numa folha, e em seguida as ruas que deveríamos vigiar, e por fim nossos pseudônimos. Como quer ser chamado?, me disse, quando chegou minha vez. Eu gostaria de ter o nome de Ernesto, mas alguém já havia se apropriado dele, então falei o primeiro nome que me veio à cabeça. Enrique. Depois o tal Pancho nos deu as contrassenhas: *Parece que vai chover*, deveríamos responder quando alguém se aproximasse de nós (muito provavelmente o próprio Pancho, mas também havia a possibilidade de que fosse outro companheiro) e nos dissesse *Mas que frio esta manhã*. Depois deveríamos dizer *Não está tanto assim*, o que significaria que na rua não tinha havido movimento de ultradireitistas, ou *Vai cair um toró*, o que significaria exatamente o contrário. Fui encarregado de vigiar uma rua próxima de onde eu morava. Quando perguntei que ultradireitistas eu deveria vigiar, não souberam o que responder. Depois fomos saindo um a um, rumo a nossas respectivas missões.

Foram duas das piores horas da minha vida aquelas que passei sentado na rua, onde não se via vivalma, entregue à contemplação das casas fechadas. Eu sabia que também estava sendo vigiado e, aliás, entendia a curiosidade e, de certo modo, a justiça dos que me vigiavam: só um louco seria capaz de ficar sentado numa rua vazia, em plena contemplação do nada, correndo o risco de ser preso por um jipe do exército que passasse por ali. Em certo momento, vi algumas crianças numa janela me olhando. Em outro, uma mulher saiu para o pátio com seu cão (ele queria ir para a rua, mas a mulher o impediu e conversamos por um tempo). De resto, na casa ou nas casas dos supostos ultradireitistas não se via nenhum movimento, para quê? O trabalho já estava sendo feito por outros, e, a julgar pelos aviões que de vez em quando eu via passar de uma nuvem a outra como num sonho, de uma forma impecável.

Quando, finalmente, vi o tal Pancho aparecer, eu só tinha vontade de ir embora. Ele não vinha sozinho. Um sujeito jovem e alto, com o cabelo molhado, como se tivesse acabado de lavá-lo, o acompanhava. *Mas que frio esta manhã*, disse ele. De repente, me dei conta de que não me lembrava da contrassenha e lhe disse. Não me lembro da contrassenha, companheiro, mas está tudo tranquilo por aqui (na verdade, a única coisa fora da nova normalidade da rua éramos nós). O que estamos fazendo aqui parados?, pensei. O tal Pancho me olhava como se não me conhecesse e temesse uma emboscada, ou algo pior. Seu acompanhante, adivinhei isso pela cara que ele fez ao ouvir minha desculpa, parecia disposto a partir para a briga ali mesmo. *Mas que frio esta manhã*, insistiu o chefe da célula. Dessa vez decidi ignorar e informar sucintamente tudo que havia ocorrido naquelas duas horas: não há movimento de elementos ultradireitistas, falei, minha impressão é de que as pessoas estão assustadas, não vi patrulhas militares, uma mulher que saiu para o pátio com seu cão me disse que estão bombardeando La Moneda. *Mas que frio esta manhã*, repetiu Pancho, e não sei por que nesse momento senti uma espécie de ternura por ele, pelo gorila que o acompanhava, por mim mesmo, que não tinha levado nenhum livro para me entreter durante aquela longa espera.

Um dos dois deveria ter cedido, mas nem o tal Pancho nem eu quisemos fazer isso. Perguntávamos, respondíamos, definitivamente perdidos um para o outro.

COMÉDIA DE HORROR DA FRANÇA

Para Lautaro e Alexandra Bolaño

Aquele dia, se bem me lembro, foi o dia do eclipse. Nós, os amigos de Roger Bolamba, tínhamos nos acomodado na lanchonete La Vecindad del Sol, que fica ou ficava na curva do calçadão à beira-mar, oficialmente conhecido nesse trecho pelo nome de avenida Coronel Goffin. Enquanto esperávamos o espetáculo do eclipse falávamos de poesia e política, que era, aliás, do que sempre falávamos. Tínhamos escolhido uma mesa ao lado da janela que dá para o penhasco, que não era a melhor mesa do lugar, mas também não era ruim. Embora os garçons, de fato, mal nos dessem atenção e fôssemos os últimos a ser servidos, Bolamba presidia a mesa com sua dignidade habitual e nós, que na época éramos jovens e inexperientes, nos sentíamos como príncipes.

Ao lado de nossa mesa havia um sujeito vestido com um blazer de algodão branco, uma camisa preta e uma gravata vermelho-sangue. O sujeito era grande, pelo menos um metro e noventa, e bebia rum com Guyanita-Cola. Estava acompanhado de duas mulheres, uma mais velha, que olhava para todo lado, como se o ambiente festivo que pairava em La Vecindad del Sol a assustasse, e outra muito jovem, que de quando em quando se aconchegava no peito do homem elegante e lhe sussurrava palavras que não consegui entender.

Eu me lembro disso porque, quando ocorreu o eclipse, o homem se levantou da mesa e começou a dançar olhando diretamente para o sol (todos os outros o olhavam munidos de negativos fotográficos ou de óculos especiais, havia até quem olhasse através de pedaços de vidro escuro, restos de garrafas de cerveja, decerto), e alguns segundos depois a mulher mais velha foi dançar com ele, numa espécie de *chacona* ou de *resbalosa*, de *galleada*, talvez, ou de *sombrilla*, uma dança que tinha um ar anacrônico e ao mesmo tempo aterrorizante, uma dança que, no parecer de Bolambo, só se praticava no interior dos bosques do Norte, ou seja, nas áreas mais pobres e de acesso mais difícil do país, nas florestas pantanosas, nas aldeias meio abandonadas onde reinavam a dengue e as superstições, bem perto da fronteira.

Mas isso não foi tudo. Por um lado, o sol começou a se apagar até ficar completamente preto. Por outro, o sujeito elegante e a mulher mais velha dançaram uma *sombrilla*, que às vezes parecia mais uma *resbalosa*, ou uma *chacona*, pelos passos decididos, ou uma *galleada*, por seus movimentos obscenos, cantarolando e olhando o fenômeno estelar sem pestanejar. Pareciam possuídos, não de forma violenta, mas resignada, burocrática. A jovem, indiferente ao eclipse, olhava apenas para eles, como se seus giros, bastante previsíveis, fossem a coisa mais interessante que estivesse acontecendo naquele momento. Devo dizer também que, de todas as pessoas que encostavam o nariz nos janelões de La Vecindad del Sol, é possível que, mas isso é apenas uma suposição, eu fosse o único, além daquela garota, a olhar indistintamente para o que estava acontecendo em ambas as margens. Quando o eclipse se completou, todos, ou seja, o círculo de amigos de Roger Bolamba, prendemos a respiração e aplaudimos. Os demais fregueses seguiram nosso exemplo e o aplauso foi, além de unânime, estrondoso. Até o homem elegante suspendeu sua dança e se curvou, numa reverência tão submissa quanto sardônica. Nesse momento, a mulher mais velha começou a gritar.

— Fiquei cega — disse ela.

Os garçons de La Vecindad del Sol, que observavam o céu munidos de óculos fumê, olharam para ela e caíram na risada. O sujeito elegante estapeou o ar. Seus dedos procuraram o corpo da mulher mais velha, que tinha se sentado no chão, sem sucesso. A jovem se levantou da mesa e pegou o homem pela mão.

— O eclipse terminou — disse. — Agora podemos ir embora, querido.

Com o cotovelo, indiquei a meu amigo David Alén o que estava acontecendo às suas costas, mas ele, depois de dar uma olhada nos três personagens que chamavam minha atenção, voltou a se concentrar na escuridão espectral que soprava sobre as avenidas e colinas de Puerto Esperanza. Depois a garota levantou a mulher mais velha do chão, chamando-a de mamãe, mãe, progenitora, ama, senhora, minha dama sem pecado, enquanto por suas bochechas escorriam lágrimas. Que teatro mais absurdo, lembro que pensei. O sujeito elegante, de novo sentado à mesa, dava corda num relógio de pulso brilhante, que com certeza não parecia barato. Parei de olhá-los. O mar, lá embaixo, tinha se acalmado de repente, e as ondas, no parecer de Roger Bolamba, ignoravam se já era a hora da maré alta ou da vazante. Ouvimos um cachorro latir. Além do penhasco, onde o calçadão percorre a área da praia, vimos um homem entrar na água e depois ir nadando até a boia. Os prédios de frente para o mar pareciam desfocados, ligeiramente inclinados para o sul, como torres de Pisa psicopatas. As poucas nuvens que antes sulcavam o céu de Puerto Esperanza tinham desaparecido. Um ruído como de carvão contra madeira seca, como de pedra contra joia, estriava de forma imperceptível o ar da capital. Roger Bolamba, que tinha marcado o encontro conosco naquela lanchonete, disse que veríamos o próximo eclipse do sol em trajes de banho e na praia, e que então faríamos como aquele nadador que avançava em direção à boia.

— Quando é o próximo eclipse? — disse alguém, que não reconheci.

— Daqui a trinta anos — respondeu David Alén.

Quando eu quis olhar para o sujeito elegante e para as mulheres que o acompanhavam, eles já tinham ido embora. Depois o sol voltou a brilhar nos vidros do estabelecimento e a maioria guardou nos bolsos (ou jogou no chão) os artefatos usados para proteger os olhos dos perigosos raios do astro-rei, exceto os garçons, que continuaram atendendo de óculos por mais de cinco anos, lançando uma moda à qual aderiram, com o tempo, os garçons dos hotéis, dos estabelecimentos próximos da praia e, por fim, os garçons das discotecas.

O restante da tarde transcorreu da maneira usual: alguém escreveu um soneto para o eclipse; alguém comparou o eclipse com a situação da cultura em nosso país; alguém afirmou que os filhos concebidos durante o eclipse nascem com defeitos congênitos ou são, inegavelmente, maus como o diabo, por isso não era aconselhável fazer amor durante a ocultação total ou parcial do sol. Depois chegou a hora de pagar e todos nós reviramos os bolsos. Como sempre, alguém estava sem dinheiro, ou não tinha o suficiente, ou não tinha trazido, e todos, democraticamente, tivemos que bancar sua dívida, uma cerveja, um café, um doce de abacaxi. Nada, como se pode ver, muito caro, ainda que, para os pobres, tudo que não é de graça é caro.

Mais tarde, o dono da lanchonete, que respeitava o passado esportivo de Bolamba e aceitava, a contragosto, seu atual magistério literário, nos mandou sair do local, o que fizemos de bom grado, pois em La Vecindad del Sol não havia ar-condicionado e a essa hora o calor começava a ficar insuportável. A tertúlia prosseguiu no parque De Gaulle, o maior da cidade, onde nos jogamos sobre a grama verde, que ninguém cortava, como nos fez notar Alcides La Mouette, já havia mais de um mês, devido à greve dos funcionários municipais externos, que incluía os jardineiros e os vigilantes de jardins, mas não os lixeiros, cujo estatuto laboral era diferente. Então, encontramos a grama mais alta (muito mais alta) do que o normal, e nos jogamos sobre ela, Roger Bolamba e os cinco ou seis que o seguíamos para todo canto, enquanto os vendedores de maconha e de anfetamina ficavam nos bancos de cimento ou de granito que substituíam os bancos originais de ferro forjado, que alguém tinha roubado e vendido para as famílias ricas e cultas de nossa cidade.

E, como sempre, líamos em voz alta as notícias publicadas no suplemento literário do *El Monitor de Puerto Esperanza*, umas notícias que nos pareciam funestas, os nomes dos acadêmicos que tinham passado desta pra melhor, os nomes dos que ainda pululavam nos porões do Ministério das Relações Exteriores ou do Ministério da Saúde e Bem-Estar Social, ocupados com complexos problemas de heurística. Ao lado deles, fulgurantes, estavam os jovens (embora alguns desses jovens tivessem mais de cinquenta anos) que ocupariam seus postos e que, por enquanto, se dedicavam a escrever sobre a flora e a fauna de nossa república. Eram eles que Roger Bolamba mais odiava e invejava, pois pertenciam à sua geração e eram, em certa medida, os responsáveis diretos por sua posição marginal nas letras nacionais. Como sempre, rimos de seus poemas, rimos de suas traduções (havia uma de um alemão que soava como se o alemão fosse um crioulo gago), ríamos de suas resenhas, ditirâmbicas, na maioria dos casos, empoladas, epígrafes para o mestre e glosas para o compadre ou amigo. Depois começou a anoitecer e a soprar a brisa do sul e todos nós acompanhamos Bolamba até sua casa, que ficava no porto, uma casinha de pescadores onde os livros e as taças e medalhas que nosso mentor ganhara em sua longa carreira esportiva disputavam cada centímetro de espaço.

Lá, como de costume, ele serviu a cada um de nós um copinho de rum, que bebemos de um só gole, e depois todos juntamos nossas mãos, como também era costume, no centro, sobre as mãos estendidas de Bolamba, e gritamos:

— À vitória!

E depois fomos embora e deixamos nosso pedagogo descansar.

Naquela noite, porém, uma espécie de melancolia brilhava fracamente nos olhos de meus companheiros, como se o grito bolambiano não fosse suficiente ou como se estivéssemos envelhecendo. Alcides La Mouette expressou isso claramente:

— O que será de nós daqui a quinze anos? O que será de nós daqui a trinta anos, quando pudermos contemplar o próximo eclipse em Puerto Esperanza? Trabalharemos em farmácias, como funcionários, ou teremos ido para o interior pra levar uma vida infame. Teremos filhos e doenças. Ninguém escreverá. E essa merda de país continuará idêntica ao que é agora.

— Idêntica não — disse David Alén —, provavelmente pior, e até muito pior.

— Daí não estaremos vivos — disse eu —, pois se o país piorar não teremos outra saída senão ir para o mato.

— É uma possibilidade — disse David Alén.

Tínhamos chegado ao centro e os anúncios luminosos davam um matiz ora amarelo, ora azulado, ora avermelhado aos rostos de meus amigos. Apertamos formalmente as mãos e nos despedimos. Eu tomei o rumo de Las Caletas, que era onde minha mãe tinha um restaurante de peixe frito, que ela vendia acompanhado de mandioca e feijão. Alén e La Mouette foram para Casas Nuevas, um conjunto de prédios para trabalhadores que um arquiteto belga tinha construído dez anos antes nos arredores da cidade, perto de duas fábricas de celulose, e que agora estavam quase em ruínas. Enquanto eu caminhava, comecei a assoviar uma música da moda. Depois cruzei com uns jovens brancos, que deviam ser turistas, embora não tivessem pinta de turistas, e compus mentalmente um poema sobre a solidariedade humana, que desconhece raças e pátrias. Os jovens brancos, entre os quais só havia uma mulher, entraram num Cadillac conversível e arrancaram cantando pneus. Fiquei quieto, observando a esteira de fumaça que deixavam atrás de si, até que desapareceram pela avenida Independencia. Quando cheguei ao ponto, já fazia um tempo que meu ônibus tinha passado, e resolvi economizar a passagem e ir andando.

Não sei por quê, resolvei pegar o atalho (ou o que eu achava que era um) das colinas. Nunca tinha feito isso antes. Sempre que ia a pé eu seguia pela rua do Comercio, cuja variegada humanidade se mantinha desperta e em ação até altas horas da noite. Talvez naquela noite, precisamente, eu não estivesse para humanidades variegadas, talvez quisesse experimentar um caminho desconhecido, talvez precisasse respirar o ar mais fresco da parte alta de Puerto Esperanza.

A única coisa certa é que, em vez de virar à direita, em direção ao mar, peguei o caminho da esquerda, através de uma avenida bastante ampla, cujo nome esqueci, e que subia com uma inclinação de início imperceptível. Algum tempo depois, as palmeiras que havia de cada lado da avenida desapareceram para dar lugar aos pinheiros, grandes pinheiros reais que erguiam suas copas no meio da noite. O barulho do centro também desapareceu, e em seu lugar restou apenas o ronco em surdina dos poucos carros que circulavam pela avenida e a cantilena dos pássaros noturnos chamando uns aos outros. Reconheci o pássaro *jejé*, que parecia rir de todo mundo, e também pensei distinguir o chamado do papa-figo, cujo canto ou trinado é de tédio.

Depois passei por um posto de gasolina, que estava com todas as luzes acesas, mas onde não vi ninguém, detalhe que não me passou desapercebido e contribuiu para me deixar alarmado, pois por aqueles dias os roubos a postos de gasolina e postos de serviço eram, segundo a imprensa, moeda corrente. Acelerei o passo, e quando deixei o posto para trás percebi que a inclinação se tornara mais pronunciada, e que dos lados da avenida não havia casas, só cercas, como se tivessem loteado o terreno recentemente. Cada lote tinha uma cerca diferente. As ruas laterais não estavam asfaltadas.

Ao chegar ao topo da colina vi o mar e as luzes do porto e o tráfego que percorria a orla marítima. Não vi as luzes de Las Caletas, que ficava do outro lado da baía, na ribeira do rio Coco. Por um momento, pensei que meu senso de orientação tivesse me pregado uma peça. Soube, no entanto, que se continuasse caminhando e deixasse para trás a segunda colina não demoraria a chegar ao bairro do Velho Hospital, cuja topografia eu conhecia tão bem quanto a palma da minha mão, e depois, diretamente, à praia.

Então continuei caminhando até chegar a uma praça exuberante, cheia de árvores e grandes plantas escuras que produziam, graças à brisa, um ruído singular. Como se falassem. Como se girassem em torno de uma mesma história. Como se o eclipse, que só voltaríamos a ver dali a trinta anos, tivesse se instalado permanentemente entre suas folhas. E ouvi de novo o pássaro *jejé*. Ele chamava, imaginei, outro pássaro, mas ninguém respondia. *Je jé, je jé, je jé*, dizia o pássaro *jejé* do alto de um dos pinheiros. E depois se fazia o silêncio da espera. Ninguém respondia. E então o pássaro voltava a chamar e depois voltava a esperar, com o mesmo resultado. Seu bom humor, arrisquei, apesar de seu chamado ser infrutífero, mantinha-se intacto. Pensei que ele estava rindo de si mesmo, não dos que o ouviam. Então, sem pensar no que estava fazendo, respondi:

— *Je jé* — disse, de início bem baixinho, como se eu fosse um pássaro *jejé* tímido, mas depois mais forte, até que minha resposta alcançou um tom mais convincente.

O silêncio que de repente irrompeu sobre a praça me deixou arrepiado. Não só o pássaro *jejé* não me respondeu, como tive a sensação de que todas as plantas se viraram para me olhar. Sentir-me observado não me dissuadiu de meu propósito inicial, e voltei a chamar o pássaro em sua língua, que constava unicamente de duas sílabas, motivo pelo qual sua riqueza verbal, se havia uma, devia radicar no tom com que essas sílabas eram pronunciadas. Talvez, disse a mim mesmo, o *je jé* do pássaro *jejé* que eu tinha ouvido quisesse dizer estou sozinho, preciso de uma pássara, ou estou alegre e bem-disposto, preciso de uma pássara, e o *je jé* com que eu lhe respondera quisesse dizer vou matar você, vou despedaçar você, preciso de suas penas, só para dar um exemplo, ou preciso de suas vísceras.

Como era de se esperar, ninguém me respondeu. Imaginei o pássaro *jejé* oculto em algum galho, observando-me com um sorriso sardônico no bico, um sorriso de comediante velho de onde pendiam, como larvas, as palavras engano e sangue. Do outro lado da praça, a avenida se bifurcava em duas ruas amplas. Mentalmente, pedi desculpas ao pássaro pela brincadeira que tinha acabado de fazer e encaminhei meus passos para a rua da direita, que talvez estivesse mais iluminada do que a da esquerda.

No começo a rua era em declive, mas um pouco depois se estabilizou. As casas eram grandes e todas tinham jardim e garagem, embora alguns carros último tipo estivessem estacionados junto ao meio-fio. Cheirava a plantas recém-regadas. O gramado dos jardins parecia esmeradamente cortado, ao contrário do que acontecia, por exemplo, no parque De Gaulle. A cada poucos metros havia um poste de iluminação pública e, para o caso de essa luz não ser suficiente, nas varandas de quase todas as casas havia uma lamparina acesa onde se congregavam mosquitos e mariposas. Através de algumas janelas, não muitas, pude perceber a presença de pessoas que prolongavam a sobremesa conversando ou vendo os últimos programas da tevê, embora a impressão geral fosse de que a maioria dos residentes daquela rua já estava dormindo.

Apertei o passo. Na calçada defronte, perto de um poste e de um pinheiro enorme, vi uma cabine telefônica. Lembro que achei estranho, para não dizer enganoso, o fato de aquela cabine estar naquele bairro, onde provavelmente todo mundo tinha telefone em casa. O telefone público mais próximo da minha, por exemplo, ficava a mais de três quadras, e na maior parte do tempo não funcionava, então quando minha mãe e eu precisávamos telefonar tínhamos de nos deslocar pelo menos seis quadras até o telefone seguinte, que ficava na rua do Velódromo, perto dos quiosques de frutos do mar. Nesse momento, quando eu me aproximava dele pela calçada oposta, o telefone tocou.

Diminuí o passo, mas não parei. Ouvi claramente a primeira chamada, depois a segunda. Imaginei que dos arbustos de um dos jardins sairia correndo um moço ou uma moça para atender. A terceira chamada me fez estremecer, depois ouvi a quarta e a quinta e parei. Por um momento, pensei que o barulho iria acordar todos os vizinhos, que me veriam caminhando pela rua, um estranho que provavelmente tomariam por um ladrão. O telefone tocou pela sexta vez, depois ouvi a sétima chamada e atravessei a rua correndo. Ao chegar ao outro lado, parei e pensei que ele não tocaria mais, mas ouvi, amplificada, a oitava chamada e a nona. Antes que tocasse pela décima vez deslizei para dentro da cabine e atendi o telefone.

— Com quem estou falando? — disse uma voz cujo sotaque não era de nenhum país da Guiana do sul, nem da Guiana central, e muito menos da Guiana do norte.

— Comigo — falei, de forma bastante estúpida.

— Ah, muito bem, muito bem. E como você se chama? — A voz também não tinha sotaque francês. Falávamos em francês, naturalmente, mas ele não parecia um nativo da França. Digamos que a voz parecia a de um polonês falando francês ou a voz de um sérvio falando francês.

— Diodoro Pilon.

— Como o Diodoro da Sicília? Belo nome, muito original — disse a voz. — Espere um momento, que eu vou anotar. — Ouvi uma espécie de risada. Supus que se tratasse de um trote. — Bem, Diodoro, se não me engano você é jovem e é poeta, não é?

— Sou sim.

— Me diga sua idade, se não se importar.

— Dezessete anos.

— Publicou algum livro de poesia? Publicou poemas soltos em alguma revista literária? Publicou em jornais, folhas soltas, jornais murais, suplementos, folhas paroquiais?

— Pois a verdade é que não. Nunca publiquei nenhum poema meu.

— Tem algum livro no prelo? Pretende publicar algo, qualquer coisa, em breve?

— Não.

— Bem, bem. Espere um momento, Diodoro, não desligue...

Ouvi uns estalidos. Como se alguém tivesse quebrado uma prancha fina de madeira de um só golpe. Ouvi interferências. Blasfêmias e palavrões abafados. Depois, silêncio. Fora da cabine, na rua, tudo parecia normal. Imaginei aquelas pessoas e seus filhos dormindo. Imaginei as jovens que moravam nessa rua que eu desconhecia. Vi-as saindo de manhã em direção a seus colégios ou à universidade, vestidas com minissaias ou com uniformes de prestígio. Pensei em minha mãe, que estava me esperando em Las Caletas.

— Você faz ideia, Diodoro, de quem eu sou? — disse a voz de repente.

— Não.

— Nem a menor ideia?

— Talvez se trate de um trote — arrisquei.

— Está frio, está frio. Não é um trote. É verdade que você não faz a menor ideia do motivo de termos ligado para você?

— Na verdade, não me ligaram. Eu só estava passando por aqui e me limitei a atender o telefone.

— Não, Diodoro. Era para você que estávamos ligando. Sabíamos que se passasse perto de um telefone público que *tocasse*, você atenderia. Claro, ligamos para muitos telefones públicos. Todos os que estavam nas quatro ou cinco rotas que você poderia seguir esta noite.

— É a primeira vez que passo por esta rua.

— Chama-se rua do Olmo. Mas duvido que aí tenha algum olmo.

— É, só tem pinheiros.

— Mas é uma rua bonita. Enfim. Vou perguntar a mesma coisa novamente. Você tem ideia de quem somos?

— Não — confessei.

— Tem interesse em saber? Quer ouvir nossa proposta?

— Estou morrendo de vontade — falei.

— Pertencemos... Não, pertencer é uma palavra pouco apropriada, já que nós não pertencemos a ninguém nem a nada... Na verdade, só pertencemos a nós mesmos. E às vezes, Diodoro, nem isso está claro. Está me achando um tantinho moralista? — disse, depois de refletir por um momento.

— De jeito nenhum. Concordo totalmente com tudo que você disse. O homem só pertence a si mesmo.

— Bem, não é *exatamente* assim, mas é por aí. Acho que nos atrapalhamos um pouco.

— Você ia me dizer o nome da sua organização — ajudei-o.

— Ah, sim. Somos o Grupo Surrealista Clandestino.

— O Grupo Surrealista Clandestino.

— Ou o Grupo Surrealista na Clandestinidade. O GSC, para resumir.

— Você pertence ao GSC? — gritei, entusiasmado.

— Digamos que *milito* no GSC. Já tinha ouvido falar de nós?

— A verdade é que não.

— Muito pouca gente ouviu falar de nós, Diodoro, parte da nossa estratégia consiste nisso. Do surrealismo sim, você já ouviu falar, não é?

— Claro. Nosso mentor, Roger Bolamba, foi amigo do grande poeta da Guiana do sul, Régis Saint-Clair, de quem Breton disse: "Seu cavalo é a noite".

— Sério?

— Completamente.

— Espere um momento, Diodoro, não desligue.

Ouvi alguém blasfemar numa língua que certamente não era o francês. Tratava-se, sem dúvida, de uma língua eslava ou balcânica.

— Régis Saint-Clair... Saint-Clair, Saint-Clair, Saint-Clair... Já sei. Poeta do sul da Guiana, membro do grupo surrealista de 1946 a 1950. Nasce em Punta Tiburones, passa uma longa temporada na África. Autor de uma vintena de livros que celebram a negritude, a comida crioula, a paisagem mental do exílio... A paisagem mental do exílio, queria saber quem escreveu isso...

No fim da carreira ele volta para seu país, onde dirige a Biblioteca Nacional... Morre de morte natural na sua casa de Punta Tiburones. É esse?

— Sim, senhor. Régis Saint-Clair.

— E você está dizendo que ele foi amigo do seu *mentor*, um tal de Bolamba?

— Roger Bolamba. Foram unha e carne. Desculpe a expressão.

— Enterre os mentores, Diodoro, acho que aos dezessete anos já é hora de você fazer isso.

— Vou pensar, senhor — falei, não sei por que motivo, entusiasmadíssimo.

— Vamos voltar ao nosso assunto. Você dizia que sim, que conhece o surrealismo, não é?

— Os melhores poetas do mundo — afirmei com convicção.

— Não apenas poetas, Diodoro, também artistas e cineastas.

— Adoro Buñuel.

— Mas principalmente revolucionários, Diodoro. Preste atenção. Há profetas, videntes, magos, feiticeiros, nigromantes, médiuns. Mas, na verdade, são apenas disfarces. Às vezes, disfarces dignos, às vezes, disfarces toscos. Só disfarces, entende?

— Entendo — falei, sem muita certeza.

— E o que esses disfarces ocultam? Ocultam revolucionários. Porque é disso que se trata, entende?

— Sim — falei. — Os revolucionários se ocultam para fazer a revolução.

— Não — disse a voz. — A revolução se faz de cara limpa. Os revolucionários se ocultam para *preparar* a revolução.

— Entendo.

— E o Grupo Surrealista Clandestino, grosso modo, é isso. Um grupo surrealista do qual ninguém tem notícia. Falta publicidade para nós — disse, e caiu na risada. Ele não ria como um francês, mas como um polonês ou um russo que estivesse há muito tempo morando em Paris. — E isso explica essa espécie de proselitismo, embora a palavra exata não seja essa, essa espécie de *seleção*, digamos, que fazemos através de chamadas telefônicas.

— E por que essa seleção não é feita pelo surrealismo… oficial? — sugeri.

— O surrealismo oficial é um puteiro, Diodoro, se eu lhe contasse… Desde que Breton morreu, não há quem suporte essa gente. Há, não se engane, pessoas valiosas, principalmente algumas viúvas, as viúvas surrealistas costumam ser extraordinárias, mas a imensa maioria são uns baitas de uns inúteis. Se estivesse nas minhas mãos, eu penduraria todos eles nos postes dos Champs Elisées.

— Concordo com você — falei.

— De fato — disse a voz, adotando um tom sonhador —, o surrealismo oficial, salvo as honrosas exceções de sempre, desconhece a existência do GSC. Para que você faça uma ideia, é como se num quarto vivesse uma pessoa de carne e osso, como você ou como eu, e também vivesse, embora eu não saiba se o termo viver é o apropriado, um fantasma. Os dois dividem o mesmo cenário ou paisagem. Mas não se veem. Enfim. É triste. No começo, claro, não era assim. Os surrealistas e os surrealistas clandestinos se conheciam, às vezes eram *amigos*, houve alguns que jogaram nos dois times, digamos que de dia eram surrealistas e de noite eram surrealistas clandestinos. Faziam *private jokes*, o ambiente era descontraído. Até Breton, numa entrevista hoje felizmente esquecida, revelou parte do projeto. Ele disse que talvez, talvez, já fosse hora de o surrealismo voltar para as catacumbas. Talvez, talvez, talvez. Ainda bem que ninguém o levou a sério. Do que estávamos falando?

— Da seleção telefônica, acho.

— É nossa forma de recrutar gente. Podemos ligar para qualquer parte do mundo. Temos um método para enganar as companhias telefônicas e não gastar dinheiro nas ligações. Há associados ao GSC que são uns ases da tecnologia, Diodoro, e isso só está começando. E depois marcamos o telefone com uns desenhos e o deixamos livre para ser utilizado pelos imigrantes que querem se comunicar com seus familiares no Senegal ou na Pequena Guiana. Nós não usamos mais esse telefone. Tomamos nossas medidas de segurança. Como se fôssemos guerrilheiros urbanos de São Paulo, para você ter uma ideia.

— Acho que os guerrilheiros urbanos de São Paulo estão sendo mortos a uma velocidade vertiginosa — falei.

— Em compensação, o que nos mata é o calor no verão e o frio no inverno. E às vezes o tédio, porque estamos ficando velhos, e o tédio é um dos achaques da velhice. Vou lhe contar uma história, Diodoro, preste atenção. No fim da década de 1950 ou no início da de 1960, André Breton marcou um encontro na casa dele com cinco jovens surrealistas. Quatro desses jovens tinham acabado de chegar a Paris. O quinto era parisiense e bastante introvertido. Ou seja, tinha poucos ou nenhum amigo. Os jovens foram à casa de Breton. Havia um russo, um italiano, um alemão e um espanhol. Todos, é claro, falavam francês. Na verdade, o alemão falava francês melhor do que o jovem francês, que, além de introvertido, era gago e disléxico. Bem. Lá estão os cinco jovens, o mais velho com vinte e dois anos, o mais moço com dezoito, na casa de Breton, um pouco surpresos, pois não estão na casa nem a mulher de Breton nem sua filha, nem nenhum dos surrealistas famosos, ou que para eles, jovens e entusiastas, são famosos, talvez por terem publicado um poema em alguma revista hoje só lembrada por bibliófilos, ou um livro de poemas aparentemente surrealista hoje caído no mais absoluto esquecimento, sabe como é, a corte de medíocres a que um rei tem de se resignar.

— Mas Breton não era um rei — protestei.

— Não, de fato não era. Um chanceler, então. Ou o ministro das Relações Exteriores, que tal?

— Está bem — falei.

— Preste atenção. Lá estão os cinco jovens, e de repente Breton aparece. Cumprimenta cada um pelo nome. Dá a impressão de conhecê-los muito bem. Faz perguntas. Assente. Os jovens são tal e qual ele os imaginara. Passam a tarde juntos. Depois saem para jantar. Perambulam pelas ruas de Paris. Uma Paris que está morrendo, Diodoro, uma Paris cujo cetro brilha do outro lado do oceano, em Nova York. No entanto, eles caminham pelas ruas de Paris e falam de *tudo*. Nas palavras de Breton, os jovens percebem a urgência, o fulgor de um plano que ainda não lhes foi revelado. Por fim, entram num café, um café qualquer, onde Breton pergunta se eles seriam capazes de descer aos esgotos e de viver lá por dez anos. Os jovens pensam que Breton está falando em sentido figurado. Ele repete a pergunta. Que tipo de esgotos? Os esgotos de Paris? Os esgotos da mente? Os esgotos da arte? Breton não responde. Bebem. Falam de outras coisas. Depois pagam e vão para a rua. Novamente se perdem no traçado de um velho bairro buliçoso. De repente, num beco cheio de pichações de grupelhos políticos, Breton aponta para uma porta de madeira e entram num quarto. Parece o depósito de um fabricante de brinquedos. O quarto tem uma porta que o comunica com outro quarto, que por sua vez tem uma porta que o comunica com outro quarto. E assim sucessivamente. Até apetrechos de pesca os jovens veem durante a singradura. Breton tem um molho de chaves, com as quais vai abrindo todas as portas. Por fim, chegam ao último quarto. Ali não há outra porta além da porta pela qual entraram. Mas então Breton os leva até um canto e abre uma porta no *chão*. Descem. Primeiro Breton, que pega uma lanterna que está pendurada perto dos primeiros degraus, e depois os cinco jovens. Chegam a uma sala octogonal. Escutam, surpresos, o barulho da água, que confirma que eles estão dentro da rede de esgoto de Paris. Nas paredes da sala, alguém, um pintor ou uma criança mongoloide, desenhou com um giz algumas figuras que a umidade apaga. Breton pergunta de novo se eles estão dispostos a viver nos esgotos por dez anos. Os jovens o escutam olhando-o nos olhos, e depois voltam a observar os desenhos a giz. Todos dizem que sim. Saem novamente. Breton lidera a marcha. Quando chegam ao primeiro quarto, ou ao último, depende, aquele que parece o depósito de um fabricante de brinquedos, ele tira de uma gaveta quatro jogos de chaves, que entrega a quatro dos jovens. Ao quinto ele entrega seu próprio jogo. Depois aperta a mão de cada um e se despede. Os jovens ficam sozinhos. Por alguns segundos, permanecem imóveis, olhando uns para os outros. Depois o russo chaveia a porta e voltam para o esgoto.

De repente, o homem que falava do outro lado do telefone, o homem que ligava de Paris, ficou em silêncio, como se relatar essa cena (ou talvez lembrá-la) o tivesse exaurido. Ouvi sua respiração. Pensei que estivesse sofrendo algum tipo de ataque de asma ou do coração.

— Está se sentindo bem? — falei.

— Perfeitamente bem... Perfeitamente bem...

Depois ele tossiu ou expectorou ruidosamente e voltou a ficar em silêncio. Após alguns segundos, começou a trautear uma canção que estava em voga na França e que ainda não havia chegado à Guiana, onde os produtos musicais dos Estados Unidos chegam antes dos da França, ou da Itália, ou da Alemanha, se é que nesses países se faz música.

— Onde estávamos? — disse de repente.

— Nos jovens que decidem ficar nos esgotos.

— Bem. Preste atenção. Esses jovens ficam nos esgotos e fundam o núcleo do Grupo Surrealista Clandestino. Naturalmente, podem sair quando quiserem. Eu já disse que cada um tem um jogo de chaves que permite que saiam a qualquer momento?

— Sim.

— Ou seja, não são prisioneiros. Não há nenhum chefe entre eles. Eles entendem isso de imediato. Nem mesmo Breton, que antes de sair entregou seu *próprio* jogo de chaves. Podem sair, podem voltar para seus *chambres de bonne*, podem pegar um trem e se perder para sempre nas estações da Europa. Na verdade, algumas noites eles saem. São jovens. São mais ou menos vigorosos. Têm suas necessidades, que não podem satisfazer dentro da rede de esgotos. Às vezes, aparecem na tertúlia dos surrealistas e apertam a mão de Breton, que é cordial com eles, atencioso como sempre, mas com quem *jamais* falam do GSC. Breton os vê, mas não os vê. Breton se lembra deles, mas não se lembra. Conhecem pessoas, claro. Conhecem Nora Mitrani, que os vê, mas não os vê. Conhecem Alain Jouffroy, que os vê, mas não os vê. Falam com Joyce Mansour. Joyce Mansour os vê, mas não os vê. Nem precisa. Bem, ela transa com um deles. Você não faz a mais remota ideia, Diodoro, de como Joyce Mansour era bonita. Falam, às vezes são amigos, de José Pierre, de Roberto Matta, de Jean Schuster, enfim, têm uma vida social, vão ao cinema, se matriculam numa academia para aprender boxe, se deitam com moças, um deles se deita com moços, às vezes, no verão vão de férias para o Adriático ou para os fiordes noruegueses. Não tenha uma falsa impressão: eles não fazem suas atividades em grupo, nada disso, cada um tem seu próprio jogo de chaves, saem sozinhos, às vezes podem passar *meses* sem se ver, pois os esgotos são tão grandes quanto Paris, uma Paris do avesso, só que nessa Paris particular não há cidadãos, apenas os resíduos desses cidadãos, suas águas fecais, sua urina, suas lágrimas, seu suor, seu sêmen, seus vômitos, seus fetos, seu sangue, ou seja, a sombra desses cidadãos, a *sombra* persistente, poderíamos acrescentar, e nossos cinco jovens só correm o risco, um risco mínimo, aliás, de encontrar nas suas explorações um grupo de funcionários municipais, inspetores de esgoto, desentupidores que às vezes submergem na cidade labiríntica e que são muito fáceis de detectar, pois os desentupidores têm medo dos gases de metano que se acumulam nas galerias sem saída e tomam grandes precauções. Seus gritos, Diodoro, são ouvidos a quatro quilômetros de distância. Os gritos dos desentupidores. Suas risadas, suas piadas, sua pressa para terminar o trabalho e sair voando dali. Nossos jovens, ao contrário, não têm a menor pressa. Sabem que não chegarão a ver o trabalho finalizado. Por isso, no verão, sem um pio, eles dão no pé. Há, no entanto, uma regra que eles se obrigam a cumprir, ainda que nem sempre cumpram. Como nos hospitais, um deles fica de plantão. Quatro saem, um fica. Nada acontece. O que fica continua trabalhando. Os que saem, de algum modo, também. E assim o trabalho, o projeto, vai tomando forma, vai se diversificando, cresce, ainda que não de forma linear. É como um romance, para que você me entenda, que não começa pelo começo. Na verdade, Diodoro, é um romance que, como todo romance, aliás, não começa no romance, no objeto livro que o contém, entende? Suas primeiras páginas estão em outro livro, ou num beco onde foi cometido um crime, ou num pássaro que observa um grupo de crianças que estão brincando e não o veem.

— Claro como água — falei.

— Daí, nossos jovens descobrem que podem se ausentar dos esgotos todo o tempo que quiserem. O trabalho sempre vai com eles. Podem fazer turismo, podem ir para a Grécia ou para as Filipinas, podem passar semanas vogando pelo Amazonas, que prazer, vogar pelo Amazonas, com os olhos entrecerrados, enquanto a vida suspira e range à sua passagem, dormir em redes e ouvir as mulheres falando com as meninas em português. Na verdade, Diodoro, preste atenção, os cinco jovens logo descobrem que não é necessário *viver* nos esgotos de Paris. Ir um dia por mês já seria suficiente. No entanto, para eles a rede de esgotos se transformou numa metáfora bem provida. Ali eles têm seus ateliês, suas salas de estudo, suas bibliotecas. Falam, é claro, da possibilidade de ir embora. Cada um propõe um lugar diferente. Mas no fim eles permanecem lá. Ai, ai, ai, no fim eles permanecem lá.

Por um tempo, não ouvi nada. Tive a impressão de que o homem que estava do outro lado da linha tinha começado a chorar ou que estava soltando um suspiro atrás do outro.

— De onde você pensa que eles tiram o dinheiro que lhes permite levar essa vida de paxás e de mendigos? — disse ele de repente, com vigor renovado.

— Não sei — admiti.

— Eles se perguntaram a mesma coisa, na época. Porque eles têm dinheiro disponível, isso eu garanto. Uma vez por mês, num dos quartos que dá acesso a seu refúgio, eles encontram um envelope com uma quantia nada desprezível, que dividem entre os cinco. A princípio, o mais lógico, porque a lógica, Diodoro, é como um manicômio, é pensar que Breton os financia. O trabalho em que estão imersos é absorvente, e eles logo esquecem a questão. A única coisa certa é que eles têm dinheiro de sobra para viver e para se dar alguns luxos asiáticos, embora dois deles, a essa altura da história, vivam praticamente como *clochards*. Mas em 1966 Breton morre, e nos primeiros meses eles especulam com a possibilidade de que a subvenção chegue ao fim. Mas o dinheiro continua chegando pontualmente. Então eles voltam a formular a questão. Quem paga? Quem financia? A quem interessa que seu trabalho não seja interrompido? Pensam, como não poderia deixar de ser, na CIA, na KGB, no Ministério da Cultura da França. Depois de examinar essas possibilidades, não demoram a descartá-las como fantasiosas. Eles estão *claramente* contra a KGB e a CIA. Sobre a possibilidade de o ministro da Cultura ter enlouquecido eles especulam várias noites, depois do jantar, enquanto fumam e bebem conhaque ou uísque. Imagine só: esses jovens passam o dia sozinhos, sem se ver, trabalhando nas avenidas e ruas misteriosas dos esgotos, e ao cair da noite acendem suas lanternas e se encaminham, talvez assobiando, à primeira sala que viram, a sala que Breton lhes mostrou. Ali tomam banho, ou não, trocam de roupa, ou não, e se sentam à mesa. Um deles faz as vezes de cozinheiro. Geralmente é o francês, o italiano ou o espanhol. Às vezes, muito raramente, o russo. O alemão nunca. Além disso, não é algo que façam toda noite. Só quando precisam discutir um assunto urgente, identificar um pesadelo, por exemplo, ou encontrar a única peça que falta num quebra-cabeça. Alguém os financia. Esse alguém não é Breton, pois ele já morreu. Também não é uma agência de espionagem norte-americana ou soviética. Não obstante, alguém está a par de seu segredo e tem um jogo de chaves, já que eles não encontram o dinheiro sob a porta da oficina de brinquedos, e sim num quarto do interior, ao qual só se tem acesso depois de passar por duas ou três portas fechadas à chave. Passam dias às voltas com esse assunto. Ficam à espreita do visitante, estendem-lhe armadilhas, esperam-no escondidos dentro de um armário. Mas o sócio capitalista, que parece possuir um faro especial para detectar sua proximidade, não cai em nenhuma armadilha. Constroem um curioso sistema de espelhos mediante o qual imaginam que obterão sua imagem e que consiste, basicamente, em fazer um reflexo passar, de um espelho para outro, através do olho de uma fechadura. Por fim, quando tudo falha, percebem, ao ver um filme de detetive, que a solução é tão simples quanto instalar uma câmera de cinema num lugar discreto. E obtêm um resultado satisfatório, Diodoro.

— E que resultado é esse? Quem leva o dinheiro para eles? — disse eu.

— Uma mulher. Uma senhora mais velha. O filme não é nítido. Depois de revelá-lo, só veem uma porta se abrindo e uma mulher vestida de preto, o rosto coberto por um véu de seda, que dá dois passinhos e tira um envelope do bolso. Depois a mulher recua, e pronto. No mês seguinte, instalam duas câmeras. A mesma cena, só que mais longa e com uma diferença fundamental. A mulher que entra está vestida de preto, o rosto coberto por um véu, mas não se trata da mulher do mês passado. É *outra*. Mais baixa, talvez, mais volumosa, menos ágil. De repente, nossos cinco jovens intuem que tudo, inclusive as financiadoras, faz parte do mesmo projeto. Continuam filmando. A mulher que aparece no terceiro mês é altíssima, usa calças pretas e suéter preto de gola alta. Não está de chapéu, mas de boina. Não cobre o rosto com um véu, mas com um lenço de cetim preto. A mulher do quarto mês é uma velhinha que mal se mantém em pé, embora seu porte denote grande determinação e um certo estilo, digamos, os carvões fumegantes de um estilo. Seu vestido é preto, seu rosto está coberto por um tule preto, seus pulsos, apergaminhados, exibem pulseiras de valor incalculável. A mulher do quinto mês, ao contrário, é jovem, mas nos seus passos, que os jovens veem várias vezes, feito crianças hipnotizadas por um filme de faroeste, percebe-se a experiência do amor e, talvez, a experiência do crime. Essa mulher não usa véu, e sim óculos escuros, e seu olhar se adivinha, graças aos óculos, justamente, de uma frieza mortal. Seu olhar, poderíamos acrescentar, são seus pômulos e seus lábios. A mulher do sexto mês também usa óculos escuros, e o restante do seu rosto e a cabeça estão cobertos por um turbante. É alta e seus movimentos são precisos, embora tenham um não sei quê de timidez. Quando ela deposita o envelope com o dinheiro, os jovens observam suas mãos e percebem que é negra. A mulher do sétimo mês chega cantando. Só interrompe sua cantilena para levar um lenço ao nariz e assoá-lo. Seu véu então fica virado, e ela o arruma com a falta de jeito de um bêbado. Seu vestido preto está amassado e seu chapéu parece de papel. Não é improvável que tenha dormido vestida na noite anterior. Seus olhos, que o véu não consegue cobrir, brilham com determinação. A determinação de quem abre caminho a socos e arranhões através de um longo corredor de sonhos. E assim por diante, até que um ano se passa. Depois se repete a aparição da primeira mulher, e depois da segunda e da terceira, e assim consecutivamente. Então os jovens resolvem segui-las. O plano de perseguição é complicado e consiste em ir deixando um rastro de migalhas de pão ou de pedrinhas, só que não podem ser eles a deixar as migalhas de pão ou as pedrinhas caírem, pois essas mulheres parecem ter um sexto sentido que as alerta de sua proximidade, e sim elas mesmas. Depois de um tempo, essa atividade toda dá frutos. As três mulheres que eles seguiram são três viúvas de surrealistas. Duas delas são viúvas de artistas, cujas obras têm alta cotação no mercado internacional. A terceira é viúva de um poeta, dono de uma grande fortuna familiar. Quando seguem a quarta, acontece de essa também ser viúva de um artista. Nas outras, descobrem um sistema muito mais singelo: simplesmente rastreiam os surrealistas que deixaram muito dinheiro ao morrer, e depois vão atrás das suas viúvas. O passo seguinte seria aparecer na casa de uma dessas viúvas e interrogá-la sobre os motivos que as levam a bancar suas despesas, mas resolvem não dar esse passo, pois sentem, de algum modo, que o momento ainda não chegou. Uma vez resolvido esse problema, eles mergulham novamente no trabalho. Em sua obra magna. Você sabe em que consiste essa obra *magna*, Diodoro?

— Tenho uma vaga ideia, senhor. Preparar a revolução? Assentar as bases da literatura do futuro? — Fazer essas perguntas, naquele momento, me pareceu o mais adequado. Não queria parecer um boboca. Não queria que aquele homem que estava me ligando de Paris de repente decidisse que eu não era um candidato válido e desligasse o telefone.

— Frio, frio, mas ao mesmo tempo quente, quente.

A voz pareceu se afastar, como se de repente entre mim e meu interlocutor portas começassem a se fechar, impelidas por um vento tempestuoso que não só o apequenava, como também apequenava, literalmente, meu bom ouvido, motivo pelo qual levei uma mão à orelha que estava colada ao telefone e apalpei-a: seu tamanho continuava o mesmo, só que estava muito mais quente do que o normal.

— Vou lhe falar da obra magna e do que esperamos que você faça no Grupo Surrealista Clandestino quando já estiver conosco.

— E quando vai ser isso? — suspirei.

A voz de meu interlocutor pigarreou. Ouvi-o cuspir. Imaginei-o numa galeria subterrânea, falando através de um telefone pirata, com os olhos fixos no rio que descia pela galeria em direção a uma enorme estação de tratamento de água, semelhante a um moinho de pás prateadas.

— Daqui a três meses. Esperamos por você exatamente no dia 28 de julho, às oito da noite, na rue de la Réunion, perto do cemitério de Père Lachaise. Tem papel e lápis?

— Tenho uma caneta — falei.

— Então anote. Dia 28 de julho. Às oito da noite. Rue de la Réunion, perto do cemitério de Père-Lachaise. Se algo der errado, dirija-se à Rue du Louvre. Caminhe entre a Rue Saint-Honoré e a Rue d'Aboukir. Um corcundinha se aproximará de você e perguntará pela Promenade de Vénus. Sabe o que é a Promenade de Vénus?

— Não.

— É um café. Bem. Preste atenção. Um corcundinha se aproximará de você e perguntará onde fica a Promenade de Vénus. Você não dirá nada, levará um dedo à cabeça e a tocará, como se indicasse que a direção do café é uma questão mental. Entendeu? Anotou tudo?

— Sim.

— Bem, Diodoro Pilon, isso é tudo, por ora.

— Mas como faço pra chegar a Paris? — falei.

— De avião ou de navio, naturalmente.

— Não tenho dinheiro — quase gritei.

Durante alguns segundos, não ouvi nada. Pensei que meu grito, agudo demais, podia ter sido interpretado como uma descortesia.

— Ainda está aí, senhor? — perguntei.

— Estou pensando, Diodoro, e não me ocorre nada. Não podemos lhe enviar a passagem daqui. Também não podemos lhe enviar dinheiro. Vai contra nossas medidas de segurança. É você mesmo quem tem de conseguir. Quando estiver em Paris, nós podemos cuidar dessa questão monetária, mas a viagem você mesmo terá de pagar.

— Não se preocupe, senhor, em 28 de julho estarei no cemitério de Père-Lachaise — disse, um pouco mais refeito, e sem ter a menor ideia de onde tiraria o dinheiro para a passagem.

— Não no cemitério, Diodoro, na Rue de la Réunion, na Rue de la Réunion, merda, meta isso na cabeça.

— Na Rue de la Réunion, não tem problema.

— Bem, que você tenha sorte na vida, adeus.

E desligou.

Fiquei quieto, sem saber se começava a rir ou se me beliscava, com o fone na mão, enquanto ao meu redor começava a amanhecer. A luz que entrava pelos vidros da cabine telefônica tinha uma palidez titubeante, e nela se conjugava a cor verde das colinas e a cor pérola do mar nas primeiras horas da manhã. Por um momento, me senti como se estivesse dentro de um submarino transparente. Um pequeno submarino que havia descido até as profundezas de uma fossa oceânica, e agora, novamente na superfície, eu tinha medo de abrir a porta e me afastar dali.

Um homem saiu de uma das casas do bairro. Vestia um terno claro e levava o paletó na mão com um gesto despreocupado, mas ao mesmo tempo meticuloso, e uma pasta de couro na outra. Vestia uma camisa branca de manga curta. Seus braços eram longos e fortes, como os de um nadador profissional. Talvez fosse um professor universitário ou um funcionário do governo. Olhou para mim como se tentasse me reconhecer, entrou no carro e o ligou. Ao passar junto da cabine voltou a me olhar fixamente, e devolvi o olhar. Quando o carro se afastou, saí da cabine e comecei a andar em direção a Las Caletas. A essa hora já não encontraria minha pobre mãe, mas estava a fim de dar um passeio antes de voltar para casa.

Enquanto descia, no bairro do Velho Hospital, vi um cara que eu conhecia de vista, um negro grande de nariz ganchudo, que de vez em quando eu via tocando violão em alguns bares do porto ou no parque De Gaulle, fechado numa cabine telefônica, ouvindo sem dizer nada e suando em bicas.

Na praia, todos os quiosques estavam fechados. A areia, que a horas adiantadas do dia era amarela, agora parecia coberta por um lençol branco ou, dependendo da área, por um sudário de cinzas. Topei com um bêbado — a quem às vezes minha mãe dava um prato de peixe frito — que tinha acabado de acordar.

— Jovem Pilon, o que está fazendo de pé uma hora dessas? — perguntou-me.

— Ainda nem fui dormir, Aquiles — falei.

Sentei-me ao lado dele na mureta do calçadão e fiquei ouvindo suas histórias por um tempinho. Ele me contou que um gato, na noite anterior, enquanto eu falava ao telefone com Paris, tinha ficado louco e que tiveram de matá-lo a tiros. Disse que a história do eclipse era um exagero e que as pessoas se deixavam impressionar por qualquer coisa. Na opinião dele, fatos verdadeiros e portentosos aconteciam no céu todos os dias, mas para um homem, disse, o importante era ter uma boa mulher a seu lado. Pode-se prescindir de todo o resto, menos disso. Enquanto conversávamos, vi surgir no outro extremo da avenida três figuras caminhando, cambaleantes. Imaginei que fossem bêbados, talvez amigos de Aquiles, em busca de uma cama ou de um hospital. Percebi, quando ele se aproximou, que era o sujeito elegante que tinha dançado no bar La Vecindad del Sol durante o eclipse, acompanhado das duas mulheres. O sujeito elegante já não parecia tão elegante como antes, estava com o terno descosturado em vários lugares e tinha perdido a gravata. Numa situação mais ou menos idêntica estavam as roupas da mulher mais velha. Só a moça parecia ter passado a noite em paz. Quando chegou perto de nós, ela perguntou se sabíamos o endereço de alguma pensão barata onde pudessem se alojar. Aquiles os olhou, inquisitivo, e depois perguntou para a moça o que tinha acontecido com os outros dois.

— Ficaram cegos — disse ela.

— E como foi isso? — disse Aquiles.

— Olharam por tempo demais para o sol negro — disse ela.

— O sol negro?

— O eclipse — falei.

— Ah, então é natural — disse Aquiles, e deu para a moça um endereço na avenida Kennedy, um lugar onde havia um monte de pensões e pousadas baratas, uma ao lado da outra. — Não se esqueça de dizer para a dona que foi o Aquiles que mandou você lá — disse, à guisa de despedida.

Anotações de Roberto Bolaño para a escrita de Sepulcros de caubóis

Para cada um de seus projetos literários, Roberto Bolaño anotou em cadernetas pessoais as ideias, os dados que lhe serviam de documentação, o perfil dos personagens ou as cenas que pretendia desenvolver no manuscrito final, e que riscava assim que as incorporava a ele. Listas de nomes, desenhos — que às vezes parecem feitos distraidamente durante o processo criativo, mas em outras se relacionam com a estrutura ou com o argumento —, frases que acabaram por fazer parte de suas obras, jogos de palavras cheios de humor, esquemas e mapas convivem nos cadernos com reflexões sobre a vida cultural do momento, nomes, endereços e telefones anotados rapidamente, índices de futuros livros, poemas, ideias sobre títulos e cálculos minuciosos sobre a extensão do manuscrito que tinha em mãos. As anotações são muito detalhadas e nos mostram como era o processo de escrita de um dos mais importantes escritores contemporâneos em espanhol: o intenso e meditado trabalho de construção de uma arquitetura narrativa que ele levava a cabo em cada uma de suas obras.

O Arquivo Bolaño guarda, além de todas as cadernetas do autor e dos manuscritos originais, um exemplar de todas aquelas publicações em que apareceram, ao longo dos anos, alguns textos de Roberto Bolaño.*

* Todas as imagens procedem do arquivo pessoal do autor. As referências indicadas são as da catalogação do documento no referido arquivo.

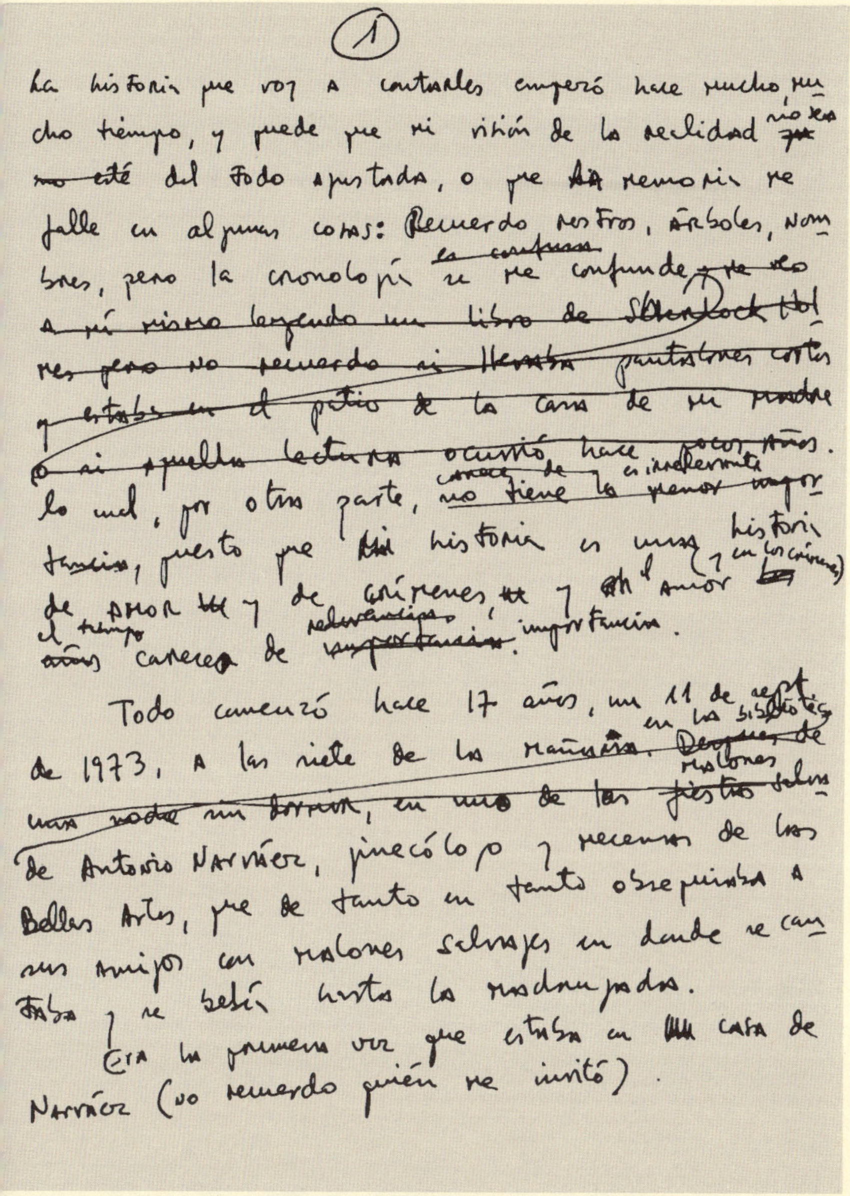

1

La historia que voy a contarles empezó hace mucho, mucho tiempo, y puede que mi visión de la realidad no sea del todo ajustada, o que mi memoria me falle en algunas cosas: Recuerdo rostros, árboles, nombres, pero la cronología se me confunde, lo cual, por otra parte, carece de y es irrelevante puesto que mi historia es una historia de amor y de crímenes, y en el amor (y en los crímenes) el tiempo carece de importancia.

Todo comenzó hace 17 años, un 11 de sept de 1973, a las siete de la mañana, en la biblioteca de una de las fiestas salvajes de Antonio Narváez, ginecólogo y mecenas de los de Bellas Artes, que de tanto en tanto obsequiaba a sus amigos con veladas salvajes en donde se cantaba y se bebía hasta la madrugada.

Era la primera vez que estaba en casa de Narváez (no recuerdo quién me invitó).

Nesta página e na seguinte, rascunhos manuscritos de um dos capítulos de "Pátria", com numerosas mudanças e modificações entre ambas as versões. Arquivo nº 4 (Originais). Id. 17. Pasta bege.

de hace mil años

Todo empezó el 11 de septiembre de 1973, a las siete de la mañana, o a las ocho de la mañana, ~~en el salón~~ ~~después de una noche en vela~~, en el salón biblioteca de la casa que tenía en Los Ángeles Antonio Narváez, ginecólogo de reconocido prestigio y en sus ratos libres, amante inequívoco de las Bellas Artes. ¡Habrían unas veinte personas, otras, desparramadas por los sofás y las alfombras! ¡Todos habían bebido y discutido hasta la saciedad aquella noche! ¡Todos habían reído y habían hecho proyectos y habían bailado hasta la saciedad! ¡Y aquella noche interminable! ~~aquella noche~~. Menos yo. Entonces, a las siete o a las ocho de la mañana, tal vez fueran las seis y media, a pedido del anfitrión y de la que entonces era la mujer del anfitrión, me subí a una silla y empecé a recitar un poema para subir los ánimos, que siempre y mientras se calentaba el café, un café de la mejor calidad excepcional que Antonio Narváez conseguía en el mercado negro, y que, para arreglar el muerto servía con chorros de pisco o un chorro de whisky, acto previo al de ~~mientras~~ antes de descorrer las cortinas y dejar entrar los primeros rayos del sol que ya aparecían sobre la Cordillera de los Andes. ¡Bueno, me subí a la silla y los dueños de casa pidieron un minuto de silencio! Recité de memoria uno de los ~~mejores~~ poemas de N. [...] ante un auditorio compuesto de rostros conocidos [...] ante el beneplácito de unos, el rechazo de otros, y las risas desganadas de la mayoría. La ~~poesía~~ El texto era "Lo que el difunto dijo de sí mismo" y recuerdo que al subirme a la silla me di cuenta, por el temblequeo de las piernas, que aquella noche yo también había bebido como un cosaco. La silla era de madera clara, diríase que como de abedul, y desde allí arriba el suelo, los arabescos de la alfombra, parecían infinitamente lejanos. ~~[illegible]~~ Entonces cuando iba por el decimocuarto o decimoquinto verso, para cuando

EL IMBECIL DE LA FAMILIA

Todo empezó hace muchos años, el 11 de septiembre de 1973, a las siete de la mañana, en la biblioteca de la casa de campo de Antonio Narváez, ginecólogo de reconocido prestigio y en los ratos libres mecenas de las Bellas Artes. ¡Ante mis ojos enrojecidos por el sueño unas veinte personas se desparramaban por los sofás y las alfombras! ¡Todos habían bebido y discutido hasta la saciedad aquella noche! ¡Todos habían reído y habían hecho proyectos y habían bailado hasta la saciedad aquella noche interminable! Menos yo. Entonces, a las siete o a las ocho de la mañana, a pedido del anfitrión y de su mujer me subí a una silla

Nesta página e na seguinte, versão definitiva, datilografada, do capítulo intitulado "O imbecil da família", de "Pátria". Pode-se observar o trabalho de aperfeiçoamento do texto feito por Bolaño em relação aos rascunhos manuscritos reproduzidos nas páginas anteriores.
Arquivo nº 34. Id 5. Pasta marrom com o título "Los sinsabores del verdadero policía".

y empecé a recitar un poema para levantar los ánimos y hacer tiempo mientras se calentaba el café, un café de calidad excepcional que Antonio Narváez conseguía en el mercado negro y que, para arreglar el cuerpo, servía con chorros de pisco o de whisky, acto previo al de descorrer las cortinas y dejar entrar los primeros rayos del sol que ya despuntaba sobre la Cordillera de los Andes.

¡Bueno, me subí a la silla y los dueños de casa pidieron un minuto de silencio! Era mi especialidad. El motivo por el que me invitaban a las fiestas. Ante un auditorio compuesto de caras conocidas que trabajaban o estudiaban en la Universidad de Concepción, rostros encontrados en funciones de cine o de teatro, o vistos en anteriores reuniones campestres en aquel mismo lugar, en los malones literarios que gustaba organizar el Dr. Narváez, recité, de memoria, uno de los mejores poemas de Nicanor Parra. Mi voz temblaba. Mis manos, al gesticular, temblaban. Pero todavía sigo creyendo que era un buen poema, aunque entonces fue recibido con beneplácito por unos y con manifiesta desaprobación por otros. Recuerdo que al subirme a la silla me di cuenta que aquella noche yo también había bebido como un cosaco. La silla era de madera de araucaria y desde allí arriba el suelo, los arabescos de la alfombra, parecían infinitamente lejanos.

Iría por el decimoquinto verso cuando una muchacha y dos muchachos aparecieron por la puerta de la cocina y dieron la noticia. La radio informaba que en Santiago se estaba perpetrando un golpe militar. Blitzkrieg o anschluss, qué más daba, el Ejército de Chile estaba en marcha.

Fue cosa de decirlo e iniciarse la estampida, primero hacia la cocina y luego hacia la puerta de calle, como si todos hubieran enloquecido de repente.

Recuerdo que en medio de la desbandada alguien gritó que me callara, por lo que colijo que yo seguía recitando. Recuerdo insultos, amenazas, exclamaciones de incredulidad, rostros que pasaban de la heroicidad más sublime al espanto, alternativamente, todo re-

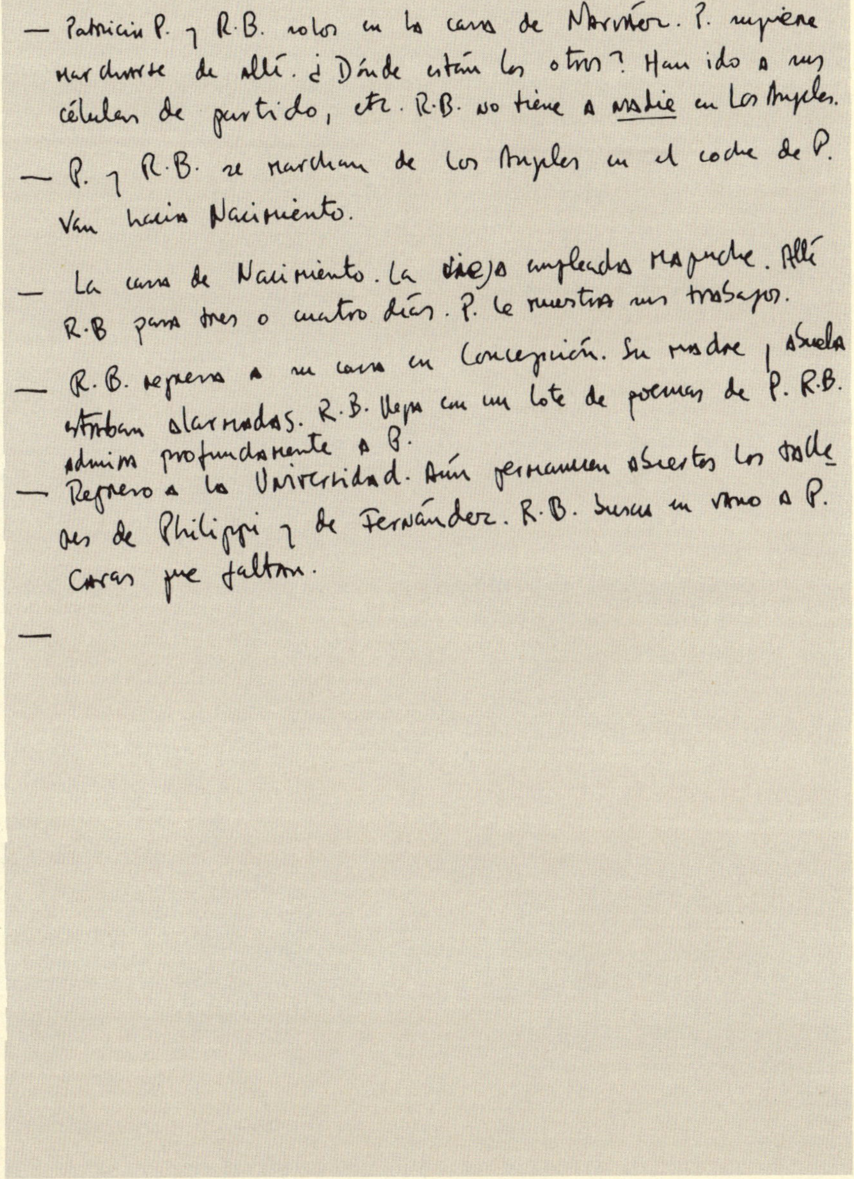
— Patricio P. y R.B. solos en la casa de Narváez. P. quiere marcharse de allí. ¿Dónde están los otros? Han ido a sus células de partido, etc. R.B. no tiene a nadie en Los Ángeles.

— P. y R.B. se marchan de Los Ángeles en el coche de P. Van hacia Nacimiento.

— La casa de Nacimiento. La vieja empleada mapuche. Allí R.B pasa tres o cuatro días. P. le muestra sus trabajos.

— R.B. regresa a su casa en Concepción. Su madre y abuela estaban alarmadas. R.B. llega con un lote de poemas de P. R.B. admira profundamente a P.

— Regreso a la Universidad. Aún permanecen abiertos los talleres de Philippi y de Fernández. R.B. busca en vano a P. Caras que faltan.

—

Notas de escrita para "Pátria".
Arquivo nº 4 (Originais). Id. 17. Pasta bege.

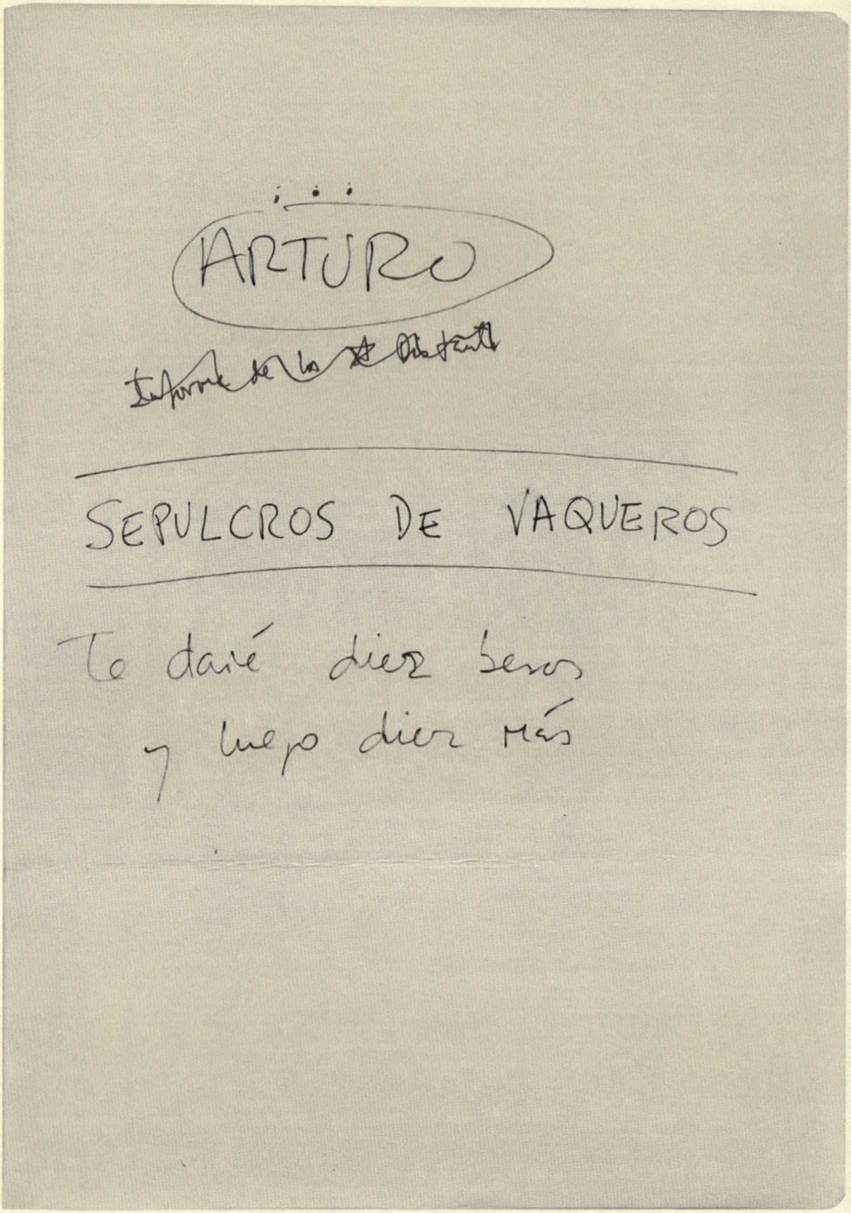

ARTURO

SEPULCROS DE VAQUEROS

Te daré diez besos
y luego diez más

Nesta página e na seguinte, capa e verso da pasta em que estão guardadas, junto com materiais diversos, as notas manuscritas do texto "Sepulcros de caubóis" em seis fólios soltos, dobrados no meio, com os capítulos numerados.
Arquivo *nº* 9 (Originais). *Id.* 33. *Pasta verde-clara com o título* "Arturo; Sepulcros de vaqueros; Te daré diez besos y luego diez más".

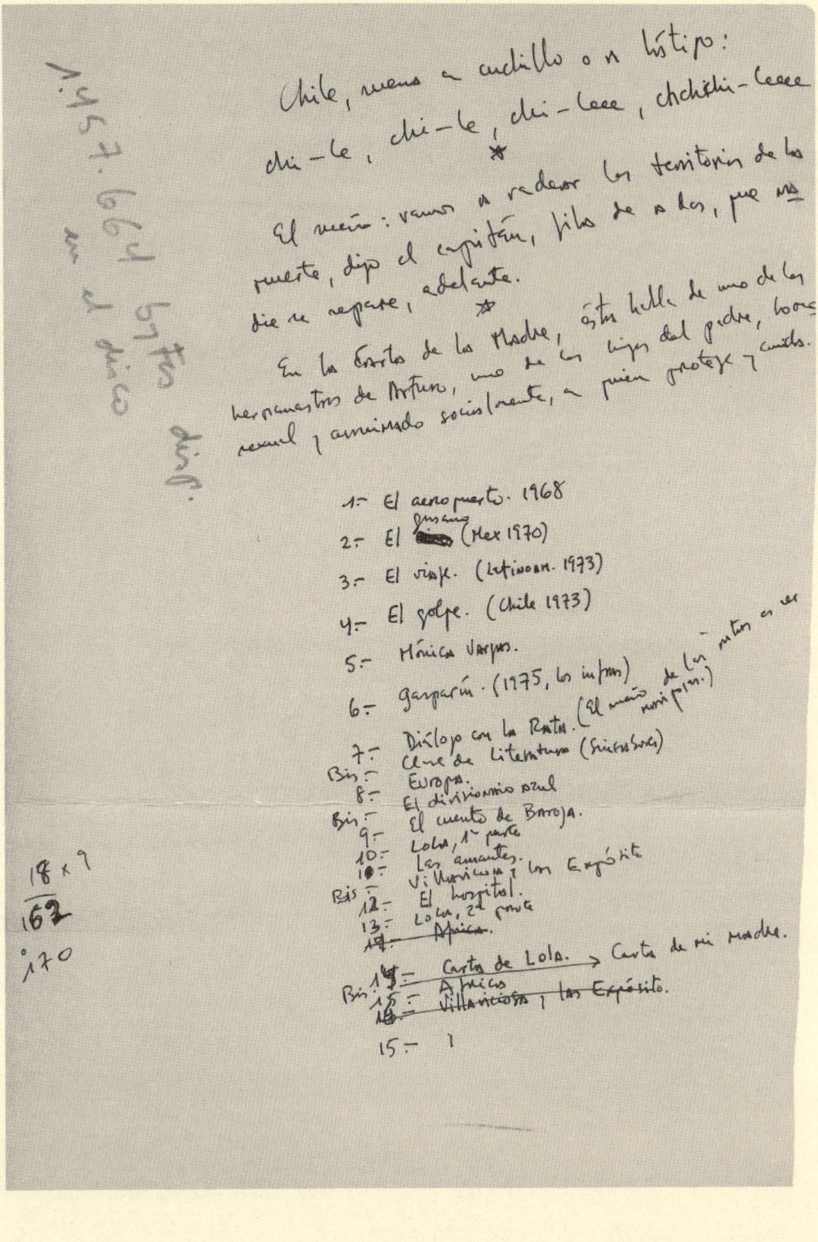

Chile, vuelvo a cuchillo o a [illegible]:

chi-le, chi-le, chi-leee, chchilhi-leeee

*

El viejo: vamos a rodear los territorios de los [illegible] muerte, dijo el capitán, hilo de a dos, que no diese se separe, adelante.

*

En la Carta de la Madre, ésta habla de uno de los hermanastros de Arturo, uno de los hijos del padre, homosexual y arruinado socialmente, a quien protege y cuida.

1.– El aeropuerto. 1968

2.– El ~~[illegible]~~ gusano (Mex 1970)

3.– El viaje. (Latinoam. 1973)

4.– El golpe. (Chile 1973)

5.– Mónica Vargas.

6.– Gasparín. (1975, los infras) (El mexicano de los [illegible])

7.– Diálogo con la Rata.

Bis.– Clase de Literatura (Sucesores)

8.– Europa.

Bis.– El divisionario azul

9.– El cuento de Baroja.

10.– Lola, 1ª parte

10.– Los amantes.

Bis.– Villaviciosa y los Expósito

12.– El hospital.

13.– Lola, 2ª parte

~~14.– África.~~

~~14.– Carta de Lola.~~ → Carta de mi madre.

Bis. 15.– ~~África~~

~~16.– Villaviciosa y los Expósito.~~

15.– ?

18 x 9
162
170

1.457.664
en el disco
bytes disp.

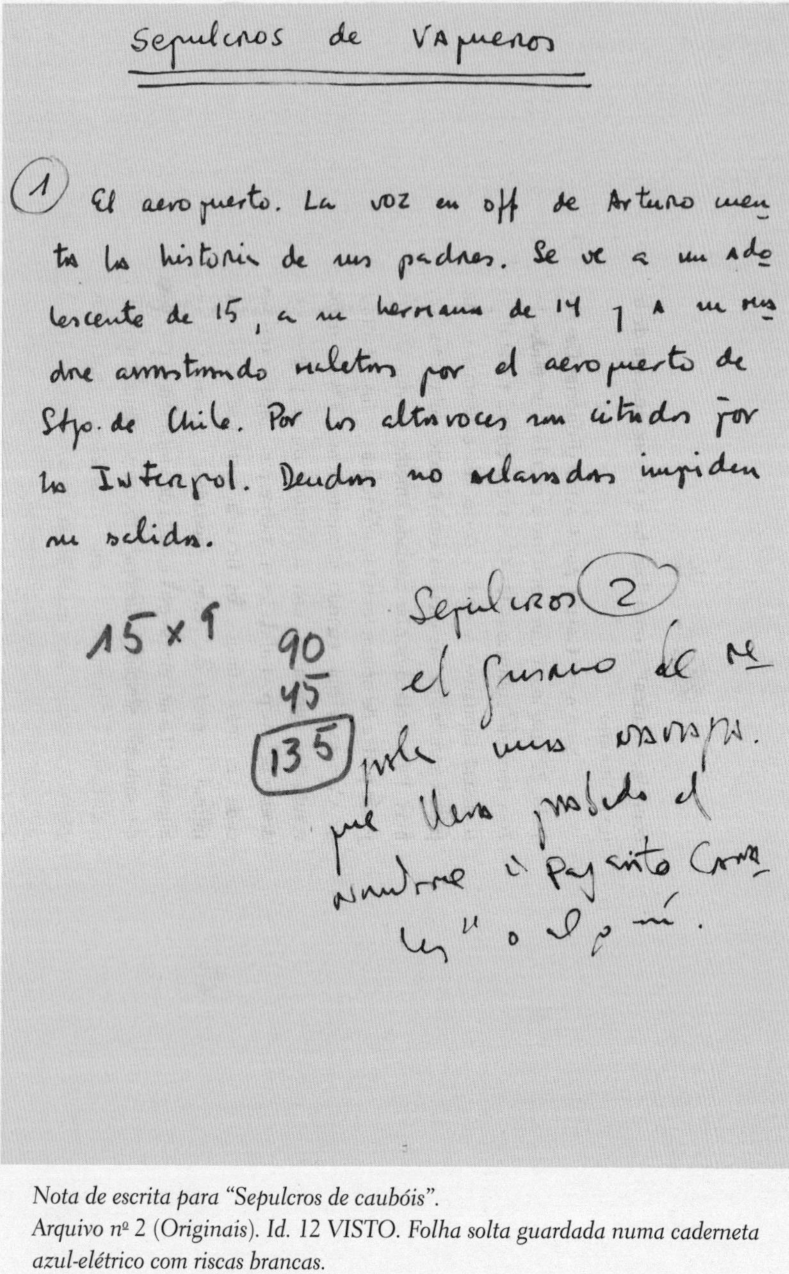

Sepulcros de vaqueros

(1) El aeropuerto. La voz en off de Arturo cuenta la historia de sus padres. Se ve a un adolescente de 15, a su hermana de 14 y a su madre arrastrando maletas por el aeropuerto de Stgo. de Chile. Por los altavoces son citados por la Interpol. Deudos no reclamados impiden su salida.

15 × 9

90
45
135

Sepulcros (2)

el gusano de [illegible]
[illegible]

Nota de escrita para "Sepulcros de caubóis".
Arquivo nº 2 (Originais). Id. 12 VISTO. Folha solta guardada numa caderneta azul-elétrico com riscas brancas.

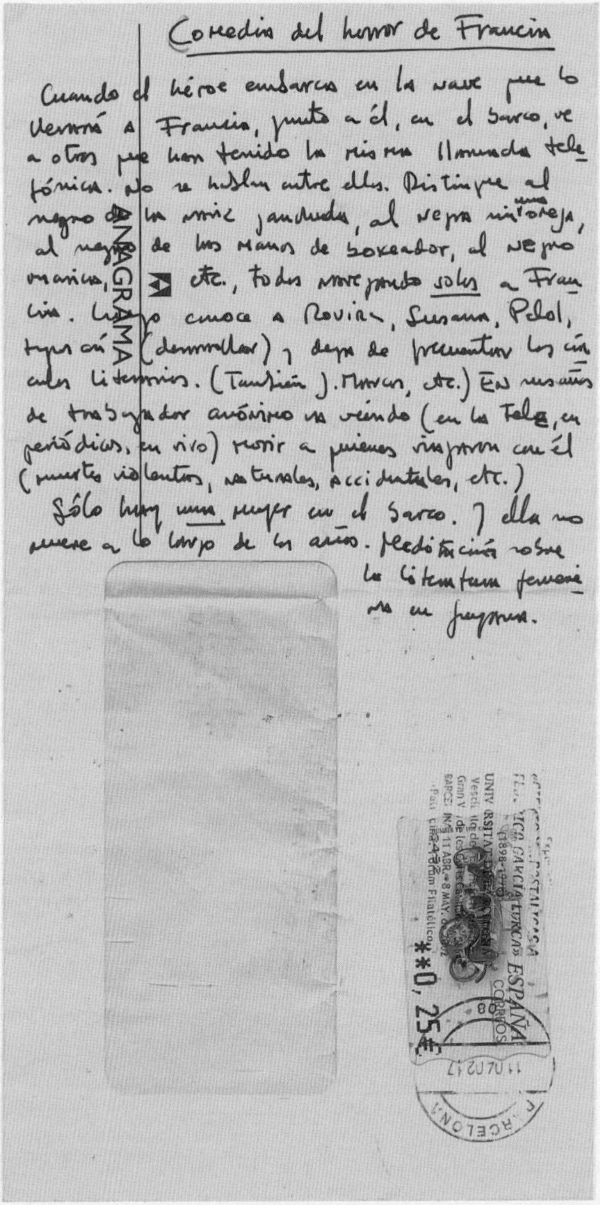

Nota de escrita para "Comedia del horror de Francia" escrita num envelope. Arquivo nº 31 (Originais). Id. 209. Pasta com o título "Comédia de horror da França".

ENTRE PARÉNTESIS

Conjeturas sobre una frase de Breton

Roberto Bolaño

Hace tiempo, en una entrevista que luego perdí, André Breton decía que tal vez había llegado la hora de que el surrealismo entrara en la clandestinidad. Sólo allí, creía Breton, podía subsistir y prepararse para los desafíos futuros. Esto lo dijo en los últimos años de su vida, a principios de la década de los sesenta.

La propuesta, atractiva y equívoca, nunca volvió a ser formulada, ni por Breton en las múltiples entrevistas que concedería después ni por sus discípulos surrealistas, más ocupados en dirigir pésimas películas o revistas literarias que ya poco o nada tenían que aportar a la literatura y a la revolución, que Breton y sus compañeros de primera hora vieron como algo convulsivo e indistinto. La misma cosa informe.

Siempre me pareció extraño el tupido velo que cayó sobre esta, llamémosla así, posibilidad estratégica. Se me ocurren varias preguntas al respecto.

¿Pasó realmente el surrealismo a la clandestinidad y allí, en las cloacas, [illegible]rió? ¿Pasó sólo una parte del surrealismo a la clandestinidad, la menos visible, los jóvenes, por ejemplo, mientras la vieja guardia cubría la retirada con cadáveres exquisitos y objetos encontrados, para así dar la impresión de quietud cuando en realidad se estaba realizando un movimiento de repliegue? ¿En qué se transformó el surrealismo clandestino a partir de 1965, un año antes de la muerte de Breton? ¿En qué sentido incidió, junto con los situacionistas, en el mayo del 68?

¿Hubo un surrealismo clandestino operativo en los últimos treinta años del siglo XX? ¿Y si lo hubo cómo evolucionó, qué propuestas en materia plástica, literaria, arquitectónica, cinematográfica realizó? ¿Cuáles fueron sus relaciones con el surrealismo oficial, es decir el de las viudas, el de los cinéfilos y el de Alain Jouffroy? ¿Alguno de estos subgrupos mantuvo relaciones con los clandestinos?

¿El radio de acción del surrealismo de las cloacas se ciñó al ámbito europeo y norteamericano o hubo ramificaciones asiáticas, africanas, latinoamericanas? ¿Es probable que el surrealismo clandestino se escindiera, con el tiempo, en subgrupos enfrentados y luego perdidos como tribus nómades en el desierto? ¿Cabe la posibilidad de que los surrealistas clandestinos olvidaran, al cabo de no muchos años, que ellos eran precisamente surrealistas clandestinos? ¿Y cómo son captados los nuevos surrealistas clandestinos? ¿Quién los llama a medianoche y les dice que a partir de aquel momento ya pueden considerarse parte del grupo? ¿Y qué piensan los que reciben una llamada de esta naturaleza? ¿Que son víctimas de una broma, que esa voz con acento francés en realidad es la voz de un amigo guasón, que acaban de sufrir una alucinación auditiva?

¿Y qué órdenes reciben los nuevos surrealistas clandestinos? ¿Que aprendan rápidamente a leer y a hablar francés? ¿Que acudan a una dirección de París en donde alguien los estará esperando? ¿Que no se asusten? ¿Sobre todo que no se asusten?

¿Y si la dirección que te dan es la de un cementerio, uno de los tantos cementerios legendarios de París, o la de una iglesia o la de una casa burguesa en una avenida burguesa? ¿Y si la dirección es la de un sótano ubicado en lo más oscuro del barrio árabe? ¿Debe el nuevo surrealista clandestino, que además no está muy seguro de no ser víctima de una broma que se alarga demasiado, acudir?

Puede que nadie, nunca, reciba esta llamada. Puede que los surrealistas clandestinos jamás hayan existido o sean, ahora, sólo una colección no muy numerosa de viejos humoristas. Puede que los que reciban la llamada no acudan a la cita, porque creen que es una broma o porque no pueden acudir.

"Después de siglos de filosofía, vivimos aún de las ideas poéticas de los primeros hombres", escribió Breton. Esta frase no es, como pudiera pensarse, un reproche, sino una constatación en el umbral del misterio.

Artigo publicado por Bolaño em sua coluna "Entre paréntesis", em Las Últimas Noticias, *em 27 de junho de 2001. Nele, Bolaño se pergunta, a partir do que André Breton dizia em uma entrevista sobre a necessidade de os surrealistas voltarem à clandestinidade, como seria essa "possibilidade estratégica". "Comédia de horror da França" parece ser a proposta que Bolaño faz a essa conjectura a partir da ficção.*

ESTA OBRA FOI COMPOSTA PELO ACQUA ESTÚDIO EM ELECTRA
E IMPRESSA EM OFSETE PELA GRÁFICA BARTIRA SOBRE PAPEL PÓLEN NATURAL
DA SUZANO S.A. PARA A EDITORA SCHWARCZ EM NOVEMBRO DE 2025